AYAAN HIRSI ALI

Née en 1969 à Mogadiscio en Somalie, et fille d'un célèbre opposant à la dictature, Ayaan Hirsi Ali connaît très tôt l'exil, puis les camps de réfugiés, avant de partir en 1992 pour les Pays-Bas. Admise dans les meilleures écoles, elle choisit le métier d'interprète avant de devenir une figure clé de la vie politique hollandaise. Porte-parole de son parti pour la question de l'intégration elle dénonce courageusement et sans relâche la position des femmes dans l'Islam. Menacée de mort par les fondamentalistes, elle vit actuellement aux États-Unis.
Son autobiographie, *Ma vie rebelle*, a paru aux éditions Robert Laffont en octobre 2006.

INSOUMISE

AYAAN HIRSI ALI

INSOUMISE

Traduit du néerlandais
par Josie Mijlstra

ROBERT LAFFONT

Ouvrage traduit avec le concours
de la Fondation pour la production et la traduction
de la littérature néerlandaise

ISBN : 2-266-16423-6
Droits internationaux : Susanna Lea Associates

Avant-propos

Après les attentats du 11 Septembre 2001 contre les États-Unis, l'Occident a massivement appelé les musulmans à s'interroger sur leur culture et leur religion. Ces derniers ont été indignés. Les rendre responsables des agissements criminels de ces dix-neuf jeunes gens ! Le président américain George W. Bush, le Premier ministre britannique Tony Blair et nombre d'autres dirigeants occidentaux ont demandé aux organisations musulmanes de prendre leurs distances vis-à-vis de l'islam tel qu'il était prêché par ces dix-neuf terroristes. Les auteurs des attentats et avec eux, avant même le 11 Septembre, les musulmans du monde entier, nourrissaient une haine tellement profonde contre les États-Unis que cela m'a conduite à réexaminer ma foi. L'agressivité et la haine seraient-elles enracinées dans l'islam ?

Mes parents m'ont élevée dans la religion musulmane. L'islam dominait dans les moindres détails la vie de notre foyer. C'était notre idéologie, notre politique, notre morale, notre droit et notre identité. Nous étions musulmans avant d'être somaliens. On m'a appris que l'islam était ce qui nous distinguait du reste du monde. Des non-islamistes. Nous avons été élus par Dieu. Les autres, les *kafirs*, les infidèles, sont des asociaux, des impurs, des barbares, des incirconcis, des débauchés sans conscience, des obscènes. Ils n'ont aucun respect pour les femmes. Leurs filles et leurs épouses sont des prostituées, beaucoup de leurs hommes sont homosexuels. Hommes et femmes ont des rapports sexuels sans être mariés. Les infidèles sont maudits et Dieu les châtiera.

Quand ma sœur et moi étions encore petites, il nous arrivait de trouver agréables des non-musulmans. Mais ma mère et ma grand-mère s'empressaient alors de dire : « Non, ce ne sont pas des gens bien. Ils savent que le Coran existe, et le Prophète, et Allah, et, malgré tout, ils ne voient pas que l'unique solution pour les hommes, c'est d'être musulmans. Ils sont aveugles. S'ils étaient si bons, ils se seraient faits musulmans et Allah les protégerait du Mal. Le choix est entre leurs mains. S'ils se convertissent, ils iront au paradis. »

Il y a aussi des chrétiens et des juifs qui élèvent leurs enfants dans l'idée qu'ils sont les élus de Dieu, mais le sentiment que Dieu leur accorde une grâce particulière est encore bien plus prégnant chez les musulmans.

Il y a douze ans, je suis arrivée en Europe, fuyant un mariage forcé. J'ai eu vite fait de comprendre que Dieu et Sa vérité offraient ici un visage plus humain. Pour les musulmans, la vie sur terre n'est qu'une transition vers l'au-delà. Ici, les gens ont aussi le droit de s'investir dans leur vie terrestre. L'enfer a été aboli, semble-t-il, et Dieu est plus un Dieu d'amour qu'un maître cruel et prompt au châtiment. J'ai considéré ma foi de manière plus critique et j'ai découvert trois éléments importants qui ne m'avaient pas frappée auparavant.

Le premier élément, c'est que la relation d'un musulman avec son Dieu est placée sous le signe de la peur. La conception qu'il a de Celui-ci est absolue. Notre Dieu exige une soumission totale. Il nous récompense si nous observons Ses règles jusque dans les moindres détails. Il nous punit si nous les enfreignons, en accablant la terre de maladies et de catastrophes naturelles.

Le deuxième élément, c'est que l'islam connaît une source unique : le prophète Mahomet. Lequel est infaillible. On serait presque tenté de dire qu'il est lui-même un dieu, mais le Coran dit explicitement qu'il s'agit d'un homme – un homme à l'image de Dieu. Nous devons vivre selon son exemple. Ce qui est écrit dans le Coran, ce sont les paroles de Dieu rapportées par Mahomet. Dans les milliers de *hadiths* (collection d'épais volumes témoignant des paroles, des actes et des conseils de Mahomet), il est précisément consigné la manière dont devait vivre un musulman au VIIe siècle de notre ère. Or, les musulmans pieux d'aujourd'hui cherchent quotidiennement dans ces paroles des réponses pour mener à bien leur vie.

Le troisième élément, c'est que l'islam est fortement dominé par une morale sexuelle empruntée aux valeurs des tribus arabes de l'époque où le prophète d'Allah a recueilli Son message. Culture tribale où les femmes étaient un bien, dans les mains des pères, des frères, des oncles, des grands-pères et autres tuteurs. L'essence des femmes est réduite à leur hymen, leur virginité.

Le voile rappelle en permanence le monde extérieur à cette morale étouffante, qui fait des hommes les propriétaires des femmes. Ceux-ci empêchent les relations sexuelles chez leurs mères, sœurs, tantes, belle-sœurs, cousines, nièces et épouses... D'ailleurs, il ne s'agit pas seulement d'empêcher la promiscuité, mais aussi les regards qu'elles pourraient lancer aux hommes, les mains qu'elles pourraient poser sur leurs bras. L'honneur et la réputation de l'homme sont suspendus à la docilité et la décence des femmes de sa famille.

Ces trois éléments expliquent pour une grande part notre retard face au monde occidental et, depuis un certain temps, face au monde asiatique. Pour briser la prison mentale dans laquelle cette trinité enferme la plupart des musulmans, il nous faut opérer une profonde remise en cause. Lorsqu'on est né musulman et qu'on pose des questions sur l'islam dans une perspective critique, on est aussitôt condamné comme apostat. Les musulmans prônant l'exploration de sources morales qui ne soient pas exclusivement le prophète Mahomet reçoivent des menaces de mort. La femme qui se soustrait à la « cage aux vierges » est une catin.

Mon expérience, mes lectures et mes nombreuses conversations m'ont appris que l'existence d'Allah, des anges, des démons et d'une vie après la mort est pour le moins discutable. Si jamais Allah existe, Sa parole n'est pas absolue. Nous pouvons la critiquer. Quand j'ai couché par écrit mes doutes concernant ma foi, il s'est aussitôt levé des hommes et des femmes musulmans pour m'exclure de la communauté des croyants. Pis encore, ils ont dit que je méritais la mort pour avoir osé mettre en doute le caractère absolu de la parole d'Allah. Ils m'ont traînée en justice pour m'interdire toute attitude critique vis-à-vis de l'islam. Mohammed B., un musulman fondamentaliste, a assassiné le cinéaste Theo Van Gogh, qui m'avait aidée à faire le petit film *Submission, Part I.* Je veux découvrir d'autres sources de savoir, de morale et d'imagination. Ce n'est pas parce qu'il n'y a pas de Spinoza, de Voltaire, de John Stuart Mill, de Kant ou de Bertrand Russell islamiques que les musulmans ne doivent pas mettre à profit leurs œuvres. Si on lit les penseurs occidentaux, on s'éloigne du prophète Mahomet et du message d'Allah, considère-t-on actuellement. C'est une grave erreur. Pourquoi ne nous autorise-t-on pas à conserver les bonnes suggestions de Mahomet (par exemple la charité aux pauvres et aux orphelins) tout en augmentant notre désir de connaissance ? Ce n'est pas parce que nous n'avons pas de frères Wright dans les rangs musulmans que nous ne prenons pas l'avion. En ne prenant de l'Occident que les progrès techniques et en laissant de côté son audace à penser par lui-même, nous perpétuons de génération en génération la stagnation des mentalités dans le monde islamique.

L'explication majeure des retards matériels et spirituels que nous connaissons, c'est peut-être la morale sexuelle qui nous est inculquée dès notre plus jeune âge (*cf.* ci-dessous « La cage aux vierges »). Je voudrais comparer l'ouvrage de John Stuart Mill paru en 1869, *De l'assujettissement des femmes*, et l'enseignement du prophète Mahomet concernant ces dernières. Il est évident qu'il y a un monde de différences entre Mahomet et Mill, mais il est indéniable qu'ils se sont tous deux préoccupés du sort des femmes.

L'analyse par un musulman de la trinité islamique désignée ci-dessus est considérée comme une terrible trahison. Je peux me mettre à la place des musulmans qui se sentent obligés d'exprimer leur colère contre celui qui entend relativiser la parole absolue de Dieu. L'histoire prouve qu'une révolution des mentalités est non seulement un long processus mais qu'elle s'accompagne de résistances et de sang versé. C'est dans ce contexte que je replace l'assassinat de Theo Van Gogh, les menaces de mort, les actions judiciaires intentées contre moi, le profond rejet que suscite ma personne. Un bref coup d'œil historique nous apprend que les réfractaires qui se sont exprimés au sein de l'islam ont presque tous été tués ou proscrits. Salman Rushdie, Irshad Manji, Taslima Nasreen, Nasr Hamid Abou Zeid : tous sont menacés par leurs coreligionnaires et protégés par l'Occident. Malgré cela, nous devons fissurer cette muraille et monter au créneau, inlassablement, jusqu'à ce que la contestation soit suffisamment forte et que le contrepoids soit efficace. Pour nous aider, nous avons besoin de l'Occident libéral, qui a son intérêt dans une réforme de l'islam.

Concernant cette réforme, je suis optimiste. Une attitude que je fonde sur un signe comme les élections municipales en Arabie saoudite. Car même si les femmes étaient exclues du scrutin, il y a *eu* élection. Autre espoir : le succès des élections en Irak et en Afghanistan. À Kaboul un régime laïc a succédé aux talibans. Il y a aussi les accords passés entre Ariel Sharon et Mahmoud Abbas sur l'avenir d'Israël et de la Palestine. Au demeurant, je sais que ces évolutions sont nouvelles et fragiles.

En outre, les libéraux laïcs (ceux que dans certains pays on qualifie de « gauche ») nous ont exercés à la pensée critique. Mais la gauche occidentale a une étrange tendance à se culpabiliser, considérant les ressortissants du reste du monde comme des victimes et avec elles tous les opprimés de la planète. Ils circonscrivent leurs critiques à l'Occident. S'ils critiquent les États-Unis, en revanche, ils ne diront rien du monde islamique. De la même manière qu'autrefois ils se taisaient sur l'existence du Goulag... Les États-Unis sont une grande puissance face au monde islamique. Mais ce que les tenants du relativisme culturel ne voient pas, c'est qu'en hésitant à soumettre les cultures non occidentales à leurs critiques, ils les enfoncent dans leur retard. Et ce avec les meilleures intentions du monde. Comme on le sait, l'enfer est pavé de bonnes intentions. Leur attitude correspond à un racisme plus diffus.

Ma critique de la religion et de la culture islamiques est parfois reçue comme une offense. Dans les faits, l'attitude des tenants du relativisme culturel est beaucoup plus dure, plus offensante et plus blessante. Eux se sentent supérieurs, considérant les musulmans comme « l'autre » que l'on doit ménager. Ils pensent qu'il vaut mieux éviter de critiquer l'islam, parce qu'ils craignent la rage des musulmans. Bien qu'ils soient prétendument des libéraux, on constate qu'ils n'aident pas les musulmans à suivre l'appel au civisme qui nous a été lancé. Je prends un gros risque en optant pour la réflexion à la suite du 11 Septembre. Et que disent les tenants du relativisme culturel ? Que je devrais m'exprimer autrement. Depuis l'assassinat de Theo Van Gogh, je suis intimement convaincue que la seule manière de formuler mes critiques repose sur une parole libérée.

1

« Je veux tout tout de suite »

Interview par Colet Van der Ven [1] *

Ayaan Hirsi Ali, née en 1969 en Somalie, est la fille d'Hirsi Magan. Ce leader, connu pour son opposition au régime du dictateur Mohamed Siyad Barre, a été obligé de s'enfuir à l'étranger en 1976. La famille part à sa recherche : Arabie saoudite, Éthiopie... ils arrivent au Kenya. À vingt-deux ans, Ayaan est mariée contre son gré. Elle se soustrait à la cérémonie et, aussitôt, s'enfuit aux Pays-Bas, en passant par l'Allemagne. Demandeuse d'asile, elle apprend le néerlandais, exerce le métier d'interprète dans des services d'avortement et des accueils pour femmes battues, étudie les sciences politiques. Son diplôme obtenu, elle va travailler à la fondation Wiardi Beckman, le groupe d'experts du Parti travailliste. Elle intervient dans des journaux, à la radio, à la télévision ; critique acerbement l'islam et la communauté musulmane. Elle suscite l'émotion et, menacée de mort, doit se cacher à l'étranger. En octobre 2002, surprise : elle passe du Parti travailliste aux libéraux bon teint du VVD.

* Les notes sont rassemblées par chapitre, en fin d'ouvrage.

Quand je suis arrivée aux Pays-Bas, toute l'attention s'est tournée vers ma personne au détriment du débat politique. Mais cela n'aura qu'un temps. Soyons franc : une femme noire qui critique l'islam, quelle aubaine pour les médias ! Ils finiront bien par se lasser et par redonner leur place aux faits. L'intégration a échoué en grande partie parce que la religion et la culture musulmanes sont hostiles aux femmes.

Je savais ce que je faisais. Quand on lance un pavé dans la mare, les réactions négatives sont nombreuses et elles ne m'ont pas surprise. Même si je poursuis mon combat, je dois m'attendre à des réactions violentes. Je comprends cette rage. Tout groupe confronté à un changement doit en passer par là. Ma stratégie : gratter là où ça fait mal jusqu'à ce que la tempête soit passée. Il viendra un jour où je pourrai dire ce que je proclame aujourd'hui sans susciter d'émotions aussi violentes. D'autres voix se lèvent déjà pour émanciper les femmes d'origine étrangère, dépendantes et à moitié analphabètes. La troisième vague du féminisme arrive et j'en ai la chair de poule rien que d'y songer !

L'émancipation est un combat. Je l'ai choisi et entends désormais le mener dans les rangs des libéraux. J'ai changé de parti parce que les stratégies d'évitement du Parti travailliste me rendaient malade. Le malaise s'amplifie dans la société, et eux ferment les yeux. L'oppression des femmes ? Pas vraiment à l'ordre du jour ! Or j'ai besoin d'un véritable engagement.

Ma préoccupation sociale est loin de s'être atténuée. Je me suis rendu compte que la justice sociale commence par la liberté et la dignité de l'individu. Toute la société est orientée vers l'individu citoyen. On passe des examens tout seul, on remplit seul sa déclaration d'impôts, on comparaît seul devant le juge. Partout, la responsabilité individuelle est mise en avant. Et que fait le Parti travailliste ? Il continue à traiter les allochtones [2] comme un groupe. Et pourquoi ? Par manque de contact avec la réalité.

Un exemple. J'ai été interprète auprès d'allochtones ayant commis une fraude. Pour obtenir une allocation, les deux conjoints devaient signer. La femme s'exécutait sous l'égide du mari. Qui lui montrait la case où il fallait apposer sa signature. Mais elle n'avait aucune idée de ce qu'elle signait... Dans son pays d'origine, on ne lui avait jamais demandé une chose pareille. Là-dessus, la police se présentait. Le couple était soupçonné de fraude. L'homme avait un travail non déclaré. Elle n'en savait rien. Certes, il quittait la maison tous les matins et rentrait tard le soir, mais un mari musulman ne rend pas compte de ses faits et gestes à sa femme. Ils devaient tous les deux rembourser quatre-vingt mille florins [3]. Elle se retrouvait complice de ses combines. Et ce cas est loin d'être unique, il y en a des centaines comme ça.

Essayez de convaincre le Parti travailliste que ces femmes doivent être émancipées de leur dépendance. Vous n'y parviendrez pas. Avec les meilleures intentions du monde, ils font tout pour garder les femmes musulmanes dans cette position, considérant que c'est bon pour leur identité : « Ces femmes sont heureuses comme ça, elles sont dans leur culture. » Même déni pour les enfants. Jusqu'à ce qu'ils soient devenus des voyous. Et que les problèmes commencent.

Dans l'hebdomaire *HP/De Tijd*, Rob Oudkerk, médecin généraliste, évoque le cas d'une femme musulmane qui lui dit : « C'est par la volonté de Dieu si mon mari est aussi malade. » Penser que sa vie est dans les mains de Dieu peut consoler, sur son lit de mort. Mais cela risque aussi de vous y conduire prématurément. Le médecin trouve cette conviction « réconfortante ». Ne croit pas personnellement en Dieu, mais a plaisir à entendre ce genre d'ineptie. Autrement dit : ils ont le droit d'être aussi arriérés que ça leur chante...

Ce qui m'a définitivement convaincue de passer chez les libéraux, c'est l'assurance donnée par Zalm, le dirigeant du VVD (Volkspartij voor Vrijheid en Democratie) que j'aurais toute liberté pour mettre à l'ordre du jour l'intégration et l'émancipation des femmes d'origine étrangère.

Je ne comprends pas que ma décision soulève tant d'émotion. On emploie le mot de « trahison » comme si j'étais devenue un membre actif d'une organisation criminelle. Or, après huit ans de cohabitation, les différences entre ces deux partis ne sont pas si énormes que cela. Je comprends les déceptions personnelles des uns ou des autres. Mais ce n'est pas parce que le Parti travailliste a fait beaucoup pour moi que je dois lui rester fidèle dès lors que je ne me reconnais plus dans ses prises de position. Et d'ailleurs, pourquoi tout le monde fait-il comme s'il s'agissait d'une décision prise sur un coup de tête, alors que j'avais annoncé mon mécontentement et ma volonté de rompre dès le mois d'août ?

Bien entendu, j'ai encore deux ou trois choses à apprendre. Notamment à penser en termes de stratégie et à être plus prudente dans mes formulations. En tout cas, je n'ai pas l'intention de baisser les bras. Je paye le prix de mon engagement. Comme je bénéficie d'une garde rapprochée, je me sens suffisamment forte pour continuer. Seulement, il ne faut pas vouloir que les choses arrivent trop vite. C'est mon talon d'Achille : je veux tout tout de suite. Il faut que je sois un peu patiente.

Je sais que mon père m'aime, pourtant mes choix s'opposent radicalement à tout ce qu'il représente. J'ai reçu une claque en apprenant qu'il aurait déclaré au magazine *Vrij Nederland* n'avoir jamais reçu de menaces téléphoniques. Après chacune de mes apparitions publiques, il a reçu des appels de musulmans somaliens qui se plaignaient auprès de lui. Au début, il prenait ces appels pour ce qu'ils étaient, se contentant de me demander ce qui était vrai dans tout ça. Quand je lui ai expliqué que je me battais pour les droits de la femme dans l'islam, il m'a déclaré : « Bats-toi pour ce que tu veux, mais fais-le au nom de Dieu. » Que j'aie publiquement mis Dieu entre parenthèses est pour lui une amère déception, quasi insurmontable. Je souille l'islam en même temps que son nom et son honneur. C'est pour cela qu'il se détourne de moi. J'ai pitié de lui et, en même temps, je suis furieuse. Je conclus le livre auquel je travaille en ce moment par une lettre ouverte à mon père. Je lui reproche de ne pas aimer inconditionnellement ses enfants. Chaque fois qu'il doit choisir entre la communauté et ceux-ci, il choisit la première. Et ça, c'est dur à encaisser.

Je suis vraiment la fille de mon père. Lors des courts moments qu'il a passés dans notre famille, il était incroyablement gentil avec moi et me portait aux nues. Je suis encore reconnaissante aujourd'hui de ce qu'il a fait pour moi. En Éthiopie, ma mère ne voulait pas que ma sœur et moi nous nous rendions à l'école. Nous allions de toute façon être données en mariage au bout de quelques années. Alors, à quoi bon tout ce savoir ? Mieux valait se concentrer sur le ménage. C'est là que mon père a insisté pour que nous fréquentions quand même l'école. Il a dit qu'il maudirait ma mère à jamais si elle nous l'interdisait. Il s'est aussi opposé formellement à notre excision. Ce qu'il ne sait pas, c'est que ma grand-mère l'a imposée dans son dos.

Mon frère, ma sœur et moi-même lui reprochions vivement d'être toujours absent. Il nous avait engendrés, mais il ne prenait pas ses responsabilités. Nous n'avions rien à redire sur ses occupations politiques, nous en étions fiers. Mais nous voulions aussi un père... Il trouvait cette critique indigne. Des jérémiades. Nous devions bien comprendre qu'il avait une mission à remplir et que, la tête haute, nous devions consentir à des sacrifices. C'était Dieu qui lui avait fait l'honneur de cette position.

Quand je suis née, il était en prison. Je l'ai vu pour la première fois à l'âge de six ans. Malgré son absence, nous ressentions, nous ses enfants, les tensions apportées par ses activités politiques. Quand je parle des années somaliennes, je parle toujours du « temps des chuchotements ». On ne pouvait faire confiance à personne ! Je me rappelle encore les coups frappés à la porte, ma grand-mère qui ouvre, qu'on repousse violemment sur le sol, les violences verbales, les perquisitions. Toutes choses incompréhensibles pour un enfant.

Quand j'ai eu six ans, nous sommes partis en Arabie saoudite, à la recherche de mon père qui s'était enfui. Personne n'était heureux, sauf ma mère, qui s'épanouissait dans ce climat de rigorisme religieux. Pourtant, elle trouvait les Saoudiens bêtes « comme des chèvres » ou « des moutons ». Nous devions aller à l'école en robe verte, la tête serrée par un voile. La chaleur nous faisait des cloques dans le dos. Nous n'avions pas le droit de jouer dehors. Au bout d'un an, nous avons déménagé en Éthiopie, où vivait une bonne partie de l'opposition somalienne ; puis au Kenya un an et demi plus tard.

Mon père a eu cinq filles et un fils de quatre femmes. Ma mère est sa deuxième épouse. Il a fait sa connaissance pendant que sa première femme, Maryan, était en Amérique. Il l'y avait envoyée faire des études. Il avait insisté pour qu'elle y reste jusqu'à l'obtention de ses diplômes... Entre-temps avaient commencé les campagnes d'alphabétisation dont il était l'un des initiateurs. Il donnait lui-même des cours, et ma mère était son élève. Il la trouva maligne et ambitieuse. Il l'épousa. Ils eurent trois enfants. Un beau jour, Maryan fut sur le seuil de la porte. Rentrée d'Amérique. Ignorant tout de ce deuxième mariage. Furibonde. Exigeant qu'il fasse un choix. Il choisit ma mère et se sépara de Maryan.

En 1980, il partit pour l'Éthiopie. Au bout d'un an, il nous rendit visite. Là, ma mère fut claire : « Si tu repars maintenant, ne reviens plus, car je ne serai plus ta femme. » Il est parti quand même. Et est revenu dix ans plus tard. Elle ne l'a même pas gratifié d'un salut. Jusqu'à ce jour, elle s'obstine dans cette attitude. Plus tard, il a encore épousé une Éthiopienne puis une Somalienne et s'est remarié avec Maryan, sa première femme. Aujourd'hui, ils vivent ensemble à Londres.

Outre mon frère aîné, j'avais une sœur, de deux ans ma cadette, que j'admirais beaucoup. Elle se rebellait. Faisait ce qu'elle voulait. Peu lui importait qu'on la batte. J'étais plus timorée, plus sage. Je m'adaptais. Elle jamais. À la puberté, elle a voulu porter des jupes courtes. Considéré comme parfaitement amoral. Ma mère déchirait ses jupes. Chaque fois, elle allait s'en acheter une autre. Vers la classe de quatrième, elle a décidé d'envoyer promener ses études. La colère de notre famille la laissait indifférente. Elle décida de suivre une formation de secrétaire, qu'elle réussit haut la main. Trouva enfin un emploi aux Nations unies. Ma mère ne voulait pas qu'elle travaille ; ma sœur a cependant bravé les violences verbales et physiques.

C'était une femme forte. Qui forçait le respect et l'admiration de tous, sauf dans sa famille. Quand elle aussi fut menacée d'être donnée en mariage, elle m'a suivie aux Pays-Bas. Elle est arrivée en janvier 1994 et, au bout d'un an et demi, son niveau de néerlandais lui permettait de fréquenter l'université... C'est à cette époque qu'ont commencé les crises de larmes et que son comportement est devenu étrange. Elle avait du mal à supporter la compagnie mais il lui était aussi difficile de rester seule. Elle regardait la télévision pendant des heures et des heures. Restait des jours entiers au lit sans manger. Elle a fini par dire que si elle était aussi malheureuse, c'était parce qu'elle avait négligé sa foi. S'est mise à porter le voile, a essayé de prier. Y réussissait un jour, l'autre non. Ce qui accroissait son sentiment de culpabilité. Pour chaque prière manquée, il y avait une punition. Elle n'arrêtait pas de dire qu'elle souffrait infiniment et que personne ne la comprenait. Elle avait honte de la manière dont elle s'était autrefois comportée envers ma mère. Regrettait terriblement toutes les disputes.

Ça a fini en épisode psychotique, à l'hôpital. Elle souffrait d'effets secondaires provoqués par les médicaments. Agitation, douleur, tensions musculaires, réflexes brouillés. Je voyais cette femme belle et forte décliner à vue d'œil.

En juin 1997, elle est repartie au Kenya. Plus de médicaments, mais des docteurs de l'islam ont été convoqués à son chevet pour conjurer sa psychose. Ils lui intimèrent de lire le Coran pour retrouver la paix. On l'a traînée chez un conjureur, ma belle-mère lui ayant, paraît-il, jeté un sort. Ma sœur a d'ailleurs dit à cette femme que si elle pouvait déchaîner des forces aussi extraordinaires, elle n'avait qu'à les employer à guérir ses dents pourries... Dans sa folie, elle gardait toute son acuité. On l'attachait ou on la battait, pour la calmer, mais ça ne marchait pas. La psychose s'aggravait. Elle s'est mise à souffrir de délire de persécution et a arrêté de s'alimenter. Elle est morte le 8 janvier 1998.

Ce fut le moment le plus difficile de toute ma vie. Quand mon père m'a appelée, j'ai beaucoup pleuré, sur quoi il m'a dit : « Tu n'as pas besoin de faire un cirque pareil, non ? Nous sommes tous un jour ou l'autre rappelés vers Dieu, n'est-ce pas ? » J'ai pris le premier avion pour Nairobi, mais je suis arrivée trop tard pour l'enterrement. Elle est vraisemblablement morte d'épuisement. Je n'en suis pas certaine, vu qu'il n'y a pas eu d'autopsie. Dans notre culture, demander la cause du décès est tabou. Chaque fois que j'en parlais, on me remettait à ma place, comme une petite fille : « Dieu a donné la vie, Dieu l'a reprise. »

Ma sœur et moi étions encore petites lorsque nous nous sommes aperçues qu'on attendait de nous que nous montrions du respect à notre frère. Il n'avait que dix mois de plus que moi, mais nous nous rendions bien compte que seuls les garçons comptaient vraiment. Le statut d'une femme musulmane s'accroît à mesure qu'elle a des fils. Quand on demandait à ma grand-mère combien elle avait d'enfants, elle répondait : « Un. » Neuf filles et un fils. Elle réagissait de la même façon avec notre foyer : elle ne déclarait qu'un seul enfant. « Et nous, alors ? » demandions-nous. « Vous, vous allez nous faire des fils », répondait-elle. À mon grand désespoir. Qu'étais-je censée faire de ma vie ? Des fils ! Devenir une usine à fils. J'avais neuf ans.

Pour remplir au mieux leur future fonction d'usine à fils, les filles apprennent dès leur plus jeune âge à se soumettre. À Dieu, au père, au frère, à la famille, au clan. Mieux une femme y parvient, plus elle sera considérée comme vertueuse. Il faut toujours être patiente, même si votre mari exige de vous les pires ignominies. On sera récompensée dans l'au-delà. Quoique ce ne soit pas grand-chose : au paradis, les femmes obtiennent dattes et raisins. C'est tout.

Lorsque nous vivions en Arabie saoudite, mon frère avait tout le temps le droit d'accompagner mon père. Nous, nous devions rester à la maison. Mais nous étions des enfants curieuses. Nous voulions les accompagner, nous trouvions que ce n'était pas juste. Un terme auquel mon père était très sensible. Ce que nous n'étions pas sans savoir. Il a aussitôt réagi : « Allah a dit : “ J'ai donné une place honorable à la femme. J'ai mis le paradis sous ses pieds. ” » Nous avons regardé les pieds de ma mère, ceux de mon père, et nous avons éclaté de rire. Les siens étaient comme à son habitude habillés de chaussures italiennes luxueuses, et ceux de ma mère, nus, dans un sale état à force de marcher dans des sandales bon marché. Notre père a ri de bon cœur, ma mère s'est mise en colère, elle nous a giflées et nous a renvoyées hors de la pièce. Elle craignait le blasphème plus que tout.

Au Kenya, après l'école primaire, je suis allée à l'école secondaire de filles musulmanes. Il y avait des filles du Kenya, mais aussi du Yémen, de Somalie, du Pakistan et d'Inde. Certaines douées aussi bien en sport que dans les études ! Le matin, il y avait un appel dans la classe. Il fallait dire « présente ». À partir d'un certain âge, de plus en plus de filles se retrouvaient « absentes ». Personne ne savait où elles étaient passées. Plus tard, on apprenait qu'elles avaient été données en mariage. Il m'arrivait de les rencontrer un an ou deux après. Il ne restait plus rien d'elles. Toutes étaient devenues des usines à fils. La combativité, la petite lumière dans les yeux, l'enfant turbulente, tout avait disparu. On comptait beaucoup de dépressions et de suicides. J'ai eu la chance que mon père ne vive pas chez nous à l'époque. Sinon, j'aurais sûrement été mariée à seize ans, un âge où je n'aurais pas pu m'enfuir. Où serais-je allée ?

Au milieu des années 1980, l'islamisation a commencé au Kenya. J'étais en recherche, comme tant de gens à la puberté, et notre professeur de religion m'impressionnait. Ce n'était pas une femme ordinaire. Le visage blême, en forme de cœur, contrastait mystérieusement avec son voile et sa longue robe noirs. Elle avait une manière inspirée de parler de l'amour de Dieu et de nos devoirs envers Lui. C'est là que, pour la première fois, j'ai ressenti le besoin de devenir une martyre. Pour me rapprocher de Dieu. Soumission à la volonté d'Allah; c'était la clef de tout. Nous répétions comme un mantra cette unique phrase : Que nous nous soumettions à la volonté de Dieu. Je me suis spontanément mise à porter le voile. Et des habits noirs par-dessus mon uniforme. Ma mère appréciait, ma sœur un peu moins.

C'est à ce moment-là que j'ai eu un petit ami. C'était interdit. Nous nous sommes embrassés. Ce qui était tout à fait contraire à la foi. Par-dessus le marché, il était très religieux. En théorie, il était très à cheval sur la question des relations entre hommes et femmes. Mais il ne se tenait pas à ces règles dans la pratique. Les premiers doutes sérieux sont advenus. Je mentais, lui aussi. Plus je devenais religieuse, plus je mentais et trompais autrui. Quelque chose n'allait pas.

Plus tard, je me suis rendue dans un camp de réfugiés à la frontière entre la Somalie et le Kenya. J'ai vu des femmes violées pendant la guerre. Je me demandais : s'il y a un Dieu, pourquoi permet-il de telles exactions ? Je n'avais pas le droit de penser cela, encore moins de le dire. Ma foi s'effritait de plus en plus. Cependant, je continuais à me considérer musulmane.

Le 11 Septembre 2001 fut un tournant capital, mais ce n'est qu'un an et demi plus tard, après avoir lu *Het Atheïstisch Manifest* d'Herman Philipse, que j'ai osé professer à voix haute que je ne croyais plus. Marco m'avait passé ce livre dès 1998. Je ne voulais pas le lire. Je pensais qu'un manifeste athée ne pouvait être que démoniaque. Je sentais une résistance. Mais il y a six mois, je me suis sentie prête. Le terrain était mûr. Je me suis rendu compte que Dieu était une chimère et que se soumettre à Sa volonté, ce n'était ni plus ni moins que se soumettre à la volonté du plus fort.

Je n'ai rien contre la religion consolatrice. Rituels et prières permettent de se raccrocher à quelque chose, et je n'exige de personne qu'il renonce à cela. Pourtant, je rejette la religion en tant qu'étalon moral ou règle de vie. Et l'islam en particulier, parce que c'est une religion qui englobe tout et imprègne le moindre de nos faits et gestes.

On me reproche de ne pas faire la différence entre religion et culture. L'excision des femmes n'aurait rien à voir avec l'islam, puisque ce rituel cruel n'existe pas dans toutes les sociétés musulmanes. Mais l'islam exige que l'on entre vierge dans le mariage. Ce dogme de la virginité est garanti en enfermant les filles à la maison et en cousant leurs lèvres. Le but de l'excision est double : le clitoris est enlevé pour limiter la sexualité des femmes, et les lèvres sont cousues pour garantir leur virginité.

Il est vrai que ce rituel existait déjà dans certaines tribus animistes avant que l'islam apparaisse. Dans certains clans kenyans, des femmes étaient excisées de peur que leur clitoris grossisse tellement durant l'accouchement qu'il étouffe l'enfant ! Mais ces coutumes locales ont été répandues, renforcées et consacrées par l'islam. Dans des pays comme le Soudan, l'Égypte ou la Somalie, où l'influence de celui-ci est forte, on insiste énormément sur la virginité.

On me reproche aussi que cette image négative de l'islam découle de mes propres traumatismes. Mon enfance n'a pas été toute rose, mais je l'ai surmontée. Il serait égoïste de garder pour soi des expériences partageables. Il faudrait que j'évite tout contact avec l'information, par exemple. Depuis que je vis aux Pays-Bas, les médias n'arrêtent pas de parler des problèmes d'immigration et d'intégration des allochtones. Mais la grande question, au fond, c'est l'islam. C'est indéniable. Nous devons regarder les faits en face et donner aux migrants ce qui leur manque dans leur propre culture. La dignité de l'individu. Les jeunes musulmanes des Pays-Bas qui ont encore une petite lumière dans les yeux n'ont pas à vivre la même chose que moi.

Marco – celui qui m'a donné le manifeste athée – vivait dans la même maison d'étudiants que moi. Nous avons mis deux mois avant de nous enflammer l'un pour l'autre. Je n'ai rien dit à mes parents. Mon frère a exigé que je mette immédiatement un terme à cette relation, mais je ne lui ai pas obéi. Nous avons vécu ensemble pendant cinq ans. Nous avons rompu parce que nous avons chacun un caractère affirmé, peu enclin à céder. Ça finissait en disputes. Qui plus est, je ne suis pas quelqu'un de structuré, alors que lui est rigoureux. Autour de nous, nous voyions des relations maintenues envers et contre tout, avec toutes les conséquences que cela peut avoir. Nous ne voulions pas en arriver là. Vivre avec lui a d'ailleurs été une étape importante pour moi. C'était en opposition avec toutes nos habitudes culturelles, où l'on est donnée en mariage encore vierge.

Le fait que je refuse d'être donnée en mariage – ni à un cousin canadien ni à personne – n'était pas accepté. Mon père me disait : « Mon enfant, fais-moi confiance, c'est de loin ce qui peut t'arriver de mieux. » Je ne lui ai pas fait confiance et me suis enfuie vers les Pays-Bas, après un détour par l'Allemagne. J'ai écrit à mon père une lettre gentille, mais claire, où je l'implorais de me délivrer de cette obligation. Il m'a renvoyé la lettre. Dans la marge, il avait écrit en rouge qu'il considérait cela comme une trahison, qu'il ne voulait plus jamais me voir et que je n'étais plus son enfant. Je ne lui ai plus parlé pendant dix ans. Un soir, en 1997, le téléphone a sonné. Marco a décroché et, après avoir écouté un instant, il m'a tendu le téléphone. « Je crois que c'est ton père », a-t-il dit. J'ai pris l'écouteur pour entendre *A bè...* Mon enfant... Il m'avait pardonné et voulait me dire qu'il était fier de moi parce que je m'occupais bien de ma petite sœur. J'ai pleuré. C'était l'un des plus beaux jours de ma vie. Il m'acceptait à nouveau comme sa fille.

2

Ne nous abandonnez pas. Ne nous empêchez pas d'avoir un Voltaire[1]

Il suffit de suivre les débats dans les journaux, à la télévision et sur les forums de discussion pour se rendre compte que les critiques contre l'islam se sont sérieusement accrues, aux Pays-Bas comme dans le reste du monde occidental. La question qui revient sans cesse sur le tapis est celle de savoir si l'islam dans sa forme actuelle est compatible avec la démocratie et l'État de droit, tels que nous les connaissons aux Pays-Bas. Ou, au contraire, est-ce que l'islam a besoin de connaître son siècle des Lumières et de se moderniser ?

C'est un débat de ce type qui s'est tenu la semaine dernière dans la salle du cinéma De Balie à Amsterdam, organisé par les éditions Van Gennep et le journal *Trouw* sous l'intitulé : « Voltaire et l'islam ». La question posée était : l'islam a-t-il besoin d'un Voltaire ? Où trouver une critique décapante de l'islam ? Ou bien l'esprit critique ferait-il mieux de se diriger contre la culture occidentale ?

Pour pouvoir dire si le monde islamique actuel et le monde occidental peuvent cohabiter, il est peut-être utile de placer ces deux mondes l'un à côté de l'autre. Et les examiner d'un peu plus près.

Le fondamentalisme islamique et l'islam politique ne viennent pas de nulle part. Ils résultent d'un enracinement, prospèrent et se transforment. Depuis le 11 Septembre 2001, nous sommes confrontés à des variantes excessivement dangereuses. Leur terreau, c'est l'islam tel qu'il est transmis dans la vie de tous les jours aux croyants musulmans. C'est pourquoi il nous faut d'abord examiner ses sources. Aussi grandes que puissent être les différences entre musulmans, c'est l'enseignement de l'islam et la manière dont celui-ci est vécu en pratique, qui ont le pouvoir de nourrir le fondamentalisme et *in fine* le terrorisme.

Dans le cahier *Letter & Geest* du 10 novembre, l'écrivain Leon De Winter [2] met le doigt sur un certain nombre d'aspects désagréables dans la pratique d'une partie des musulmans. Même si je ne partage pas son opinion selon laquelle la troisième guerre mondiale serait en marche, sa description du monde musulman n'en reste pas moins juste.

Pour commencer, il décrit parfaitement l'idéologie qui a poussé à l'action les auteurs de l'attentat du 11 Septembre et leurs sectateurs. Elle se fonde sur les sources de l'islam. C'est une idéologie religieuse dont le cadre est planté ainsi : « La force et la faiblesse, la domination et l'humiliation, l'éternité et le temporel, la pureté et le trouble ». La justice divine devient une justification intégrale.

Par mon expérience, je peux affirmer que le monde musulman est un monde fortement hiérarchisé. Allah est tout-puissant et l'homme, Son esclave, tenu de suivre les règles qu'il édicte. Ceux qui croient ce qui est écrit dans le Coran, qui croient en Allah et reconnaissent Mahomet pour prophète sont au-dessus des chrétiens et des juifs, lesquels peuples du Livre sont au-dessus des apostats et des infidèles. L'homme est au-dessus de la femme et les enfants doivent obéir à leurs parents. Ceux qui ne suivent pas les règles doivent être rabaissés ou tués au nom de Dieu.

La vie ici-bas est une chose transitoire et ne sert à rien d'autre qu'à permettre au fidèle de montrer sa crainte de Dieu en se tenant strictement à ses devoirs envers Lui pour gagner sa place au ciel. Les infidèles ne sont sur terre que pour montrer aux croyants l'exemple de ce qu'il ne faut pas faire : *halal* (ce qui est permis) et *haram* (ce qui est interdit) sont les deux concepts au centre de la pratique quotidienne du musulman. Ils valent pour n'importe quel croyant dans le monde. Ils se rapportent à tous les domaines de la vie. Pour chaque aspect de celle-ci, sont fixés la manière, le contenu et les sujets permis ou interdits dans la pensée, les sentiments et les actes. Ces règles de vie s'appliquent aussi bien à la vie privée qu'aux relations du croyant avec l'espace public. La *charia* – la loi islamique – est au-dessus de toutes les lois et règles édictées par les hommes. C'est le devoir de tout musulman de s'efforcer de vivre selon la *charia* la plus pure. Les fondamentalistes jouent sur cette corde, en professant sur tous les tons que la vie des musulmans modérés est en contradiction avec les enseignements de l'islam.

Et nous les musulmans, nous apprenons cela dès notre plus jeune âge de nos parents, dans les écoles coraniques et dans les mosquées. Ceux d'Europe et des États-Unis ont droit à quelques cours supplémentaires, par le biais des écrits de personnes comme Youssef Qaradhawi. L'arabisant Marcel Kurpershoek considère ce dernier, dans les colonnes du *NRC Handelsblad* du 3 novembre, comme un théologien modéré et un interlocuteur adéquat pour les instances occidentales... La vérité, c'est qu'il est tout sauf modéré. Dans son livre *Le Licite et l'Illicite en islam*, écrit spécialement pour les musulmans d'Europe, il écrit que c'est le devoir de la communauté islamique d'apprendre l'art militaire afin de pouvoir se défendre des ennemis de Dieu et suivre les commandements de l'islam. Les musulmans qui s'en abstiennent se rendent coupables d'un lourd péché, affirme-t-il. Plus loin, on apprend que les lois des hommes sont imparfaites et incomplètes, puisque les législateurs ne se sont occupés que des affaires matérielles sans considérer les exigences de la religion et de la bonne moralité.

De Winter a raison quand il décrit la pratique de l'islam comme un théâtre où « des kyrielles de saints, d'esprits, d'anges et de démons jouent des rôles secondaires importants. Un musulman conservateur n'exclura pas que ses ennemis puissent disposer de forces surnaturelles les aidant à ourdir des complots, lesquelles forces dépassent le musulman moyen ». Dans le même ordre d'idées, il cite le professeur israélien Emmanuel Sivan, qui a fait des recherches sur le fondamentalisme. « Un monde habité par les esprits, les âmes des morts, les djinns – des êtres invisibles, certains maléfiques, d'autres favorables –, un monde cerné par la magie et la séduction de Satan et de ses démons, où le fidèle peut être libéré par de saints hommes et des anges, et si nécessaire par des miracles ; un monde où la communication avec les morts (de sa propre famille, surtout) est de l'ordre du quotidien et où la présence du surnaturel est considérée comme réelle, presque tangible. »

En tant que musulmane, j'identifie parfaitement la définition proposée ci-dessus. Partout dans le monde, les musulmans grandissent au milieu de ces éléments surnaturels. Dans la réalité quotidienne, on tient compte de l'au-delà. C'est dans ce cadre que l'on pourra considérer que le martyr soit récompensé par l'entrée au paradis. Il serait très intéressant d'étudier à quel point cette absence de rationalité dans la pratique islamique ouvre la voie à l'idéologie de Ben Laden.

La haine irrationnelle des juifs et le dégoût des infidèles sont enseignés dans certaines écoles coraniques, répétés quotidiennement dans les mosquées. Et cela ne s'arrête pas là. Dans les livres, les articles et les cassettes, dans les médias, les juifs sont représentés comme les artisans du Mal. J'ai moi-même expérimenté à quoi cet endoctrinement pouvait aboutir. Lorsque j'ai vu un juif pour la première fois, je fus étonnée de ne voir qu'un homme normal, fait de chair et de sang.

De Winter écrit que la colère ressentie actuellement par de nombreux musulmans – et qui a engendré de forts sentiments antiaméricains et des théories du complot – n'est pas seulement liée à leur retard socio-économique sur les Occidentaux chrétiens et juifs. « La colère provient aussi d'une pratique religieuse conservatrice irrationnelle dans laquelle Satan est une créature vivante. »

Nous, les musulmans, nous apprenons à soumettre notre vie sur terre à la volonté et aux lois de Dieu pour gagner le Paradis. Les valeurs collectives – honneur et soumission – comptent beaucoup plus que l'autonomie de l'individu. La religion n'est pas là pour permettre à celui-ci de donner du sens, c'est lui qui doit s'adapter à elle en se sacrifiant à Dieu. Ce que corrobore la signification littérale du mot islam : soumission à la volonté divine.

Beaucoup de ceux qui vivent et grandissent en pratiquant cette religion sont perméables au fondamentalisme et au radicalisme, mais aussi fortement enclins à une attitude passive face à la vie. Si on a l'intention de mettre en pratique les enseignements de l'islam tout en s'intégrant à une société occidentale, on risque de rencontrer quelques difficultés.

En Occident, le migrant musulman fait l'expérience du monde à l'envers.

Contrairement au monde islamique, on met beaucoup l'accent sur l'autonomie et la responsabilité de l'individu et sur la nécessité de s'investir dans la vie terrestre. Ce sont les études et le travail qui font le succès et non la piété de l'individu. Dans les sociétés occidentales ne prévaut pas une seule idéologie. Il y en a plusieurs qui vivent les unes à côté des autres. La constitution est plus importante que le Livre de Dieu et ce dernier ne joue un rôle que dans la sphère privée. Les relations entre les gens sont régies par des lois et des règles conçues par des hommes et qui, loin d'être éternelles, sont susceptibles d'être remplacées ou complétées par d'autres. Tous les hommes sont égaux devant la loi, même ceux qui vivent de manière différente de la plupart des autres. Les femmes ont le droit de se mêler de tout (même si ce n'est pas toujours le cas dans la pratique) et l'homosexualité n'est pas un péché méritant la peine de mort ni une menace pour la survie de l'humanité, mais une forme d'amour aussi normale que celle connue entre hétérosexuels. L'amour n'est pas limité au mariage, on peut le vivre sur la base du consentement mutuel. Par ailleurs, il y a diverses manières d'éviter les grossesses (ou de les réguler) et de se protéger des maladies sexuellement transmissibles.

Les juifs ne sont pas des monstres hostiles aux musulmans qui veulent leur faire la guerre, anéantir tous leurs espoirs et semer la peur dans leurs rangs, mais un peuple qui a connu une extermination au XXe siècle, en Europe. Fortunes et vicissitudes ne viennent pas de Dieu mais sont le résultat de l'action des hommes. La société est une chose à construire, chacun peut influer sur son environnement. L'au-delà n'a pas grand-chose à voir dans cette histoire. On a le droit d'y croire, mais on ne s'y prépare pas collectivement.

Beaucoup d'interdits islamiques représentent des valeurs occidentales, beaucoup des obligations du musulman sont considérées ici comme arriérées.

En faisant l'inventaire des réactions musulmanes face aux attentats du 11 Septembre et aux critiques contre l'islam, on s'aperçoit que les musulmans qui considèrent ce dernier d'un œil critique sont peu nombreux. Afshin Ellian aux Pays-Bas et Salman Rushdie en Angleterre sont des exceptions. Au lieu d'un regard critique sur soi-même, on découvre une longue série de dénégations et une énumération de facteurs externes, de complots qui sont « la véritable cause » de tout ce qui ne va pas dans le monde musulman.

Cette réflexion limitée sur soi-même est encore aggravée par l'attitude de nombreux penseurs et politiciens occidentaux. Qui envisagent avec moult précautions le fanatisme comme l'un des aspects de l'islam, générateur de violence. Ou s'enfoncent tranquillement dans leur fauteuil en disant : « Bah, nous aussi, on a connu ça. N'ayez pas peur, l'islam s'en sortira tout seul. »

On peut affirmer sans équivoque que l'islam actuel n'est pas compatible avec les présupposés de l'État de droit occidental. Il a besoin de connaître son propre siècle des Lumières. Mais il est peu probable que celui-ci vienne de l'intérieur. En effet, écrivains, scientifiques et journalistes critiques sont contraints à l'exil. Et leurs œuvres sont interdites dans leur propre pays.

Que peut-on faire ?

Tout d'abord, que des chefs de gouvernement comme George W. Bush ou Tony Blair ne disent plus que l'islam est pris en otage par lui-même. Il serait plus utile de confronter l'Arabie saoudite à son régime répressif, sa pression démographique et son système d'enseignement strictement religieux.

En Europe et aux Pays-Bas, la majorité autochtone pourrait aider la minorité islamique en ne minimisant pas la gravité de l'état de l'islam aujourd'hui – dont Afshin Ellian dit qu'il connaît un âge sombre – mais au contraire en le dénonçant publiquement. Les questions et les critiques adressées à l'islam depuis le 11 Septembre 2001 sont une incitation pour les musulmans d'ici. L'accroissement des exigences envers les minorités est une bonne chose, même si tout le monde ne s'en rend pas compte. En donnant la parole à des voix dissidentes, on pourra contrecarrer la rhétorique simpliste et aliénante des fondamentalistes. Permettez aux Voltaire de notre temps de travailler à nos Lumières dans un environnement protégé. L'islam n'a pas connu de siècle des Lumières et les sociétés islamiques se battent encore avec les mêmes problèmes que le christianisme d'avant le XVIIIe siècle. Accueillir la raison permettrait à l'individu musulman de se libérer du joug de l'au-delà, de ses sempiternels sentiments de culpabilité et de la tentation du fondamentalisme. Nous apprendrions aussi à assumer la responsabilité de nos retards et de nos difficultés. C'est pourquoi il ne faut pas nous abandonner. Ne nous empêchez pas d'avoir un Voltaire.

3

Pourquoi n'arrivons-nous pas à nous regarder en face[1] ?

On nous répète à satiété qu'il n'existe pas un islam, mais des islams... Autant qu'il y a de musulmans. L'un y verra son identité, l'autre sa culture, le troisième une affaire de religion, le quatrième en aura une vision globale : identité, culture, religion, ligne de conduite politique et sociale... Ce que tous ces musulmans ont en commun, c'est la conviction que les fondements de l'islam ne souffrent pas la critique, la révision ou la moindre contradiction.

C'est dans ce contexte que je souhaite placer la question de savoir si nous devons avoir peur de l'islam. C'est donc à ses fondements que je m'intéresserai ici. Les sources de l'islam sont le Coran et la vie du Prophète (la *sunna*), que tout musulman a le devoir de suivre, autant que faire se peut, dans sa morale et sa pratique quotidienne.

À la suite des attentats du 11 Septembre, on a appris que l'auteur présumé des faits s'appelait Mohammed Atta. Ce jeune homme a laissé derrière lui une lettre où il expliquait qu'il avait commis cet acte terroriste à la gloire d'Allah et pour la récompense qui l'attendait au paradis. La lettre contenait aussi le texte d'une prière où il demandait à Allah de lui donner la force d'agir et de l'assister dans son projet.

Quelque temps après, on a vu son père à la télévision. Confronté à l'acte de son fils. Il était à la fois furieux et triste. Il semblait ne plus savoir où il en était, il ne pouvait ni ne voulait croire que son fils fût coupable d'un tel massacre. C'était un garçon attentionné et pacifique. De surcroît, il n'avait aucune raison de participer à une telle horreur. Pour les standards égyptiens, il jouissait d'un haut niveau d'éducation. Son professeur d'allemand confirma qu'il le considérait en effet comme un architecte plein d'avenir. Bref, il avait toutes les caractéristiques d'un jeune homme qui a réussi, et qui a un bel avenir devant lui. Non, non, se récriait le père, mon fils n'a rien à voir avec tout ça. Ce sont les juifs... et la CIA qui sont coupables. Pas mon fils. Ce sont eux qui veulent ternir notre réputation et notre honneur.

En ces jours d'après-11 septembre, des auteurs musulmans, des théologiens, des imams, des hommes et des femmes de la rue furent confrontés à la même question : comment dix-neuf musulmans avaient-ils pu commettre un acte aussi barbare ? Pourquoi Ben Laden appelait-il tous les musulmans à mener au nom de leur foi une guerre contre les infidèles ? Pourquoi des musulmans indonésiens, pakistanais et même britanniques voulaient-ils sacrifier leur vie au nom de l'islam en suivant l'appel de Ben Laden ?

La réaction de ces musulmans est comparable à celle du père Atta. Ils sont choqués et indignés que le nom de l'islam soit mêlé au terrorisme. Non, s'écriaient-ils en chœur, les auteurs n'étaient pas musulmans, certains de ces garçons buvaient et allaient voir des prostituées. Ce sont là des coutumes non islamiques qu'ils ont calquées sur l'Occident corrompu. Ils ont extrait de leur contexte les versets du Coran. Non, Ben Laden n'est pas musulman. Non, tous ces jeunes gens la bouche pleine de cris ont compris l'islam de travers. C'est une religion pacifique, tolérante, basée sur la charité. Qui aime Allah et suit Son envoyé ne peut nuire à autrui, sous quelque forme que ce soit.

Comment expliquer les faits ? En tant que musulmane, que dois-je penser quand je lis que :

• des musulmans sont responsables de onze, voire douze des seize grandes actions terroristes internationales menées entre 1983 et 2000 ;

• cinq des sept États qui soutiennent des terroristes et apparaissent en cette qualité dans la liste dressée par le Département d'État américain sont des pays musulmans ; et que, sur cette même liste, la majorité des organisations étrangères citées sont des organisations musulmanes ;

• d'après l'Institut international d'études stratégiques, des musulmans étaient engagés dans deux tiers des trente-deux conflits armés de l'année 2000, alors que seulement un cinquième de la population mondiale est musulman ?

Si l'islam n'a pas de problèmes particuliers pourquoi tant de musulmans sont-ils en fuite ? Parmi les dix pays que l'on déserte pour gagner les Pays-Bas, neuf sont majoritairement islamiques. Pourquoi venons-nous en Occident alors que nous le condamnons ? Qu'est-ce que l'Occident possède que nous n'avons pas ? Pourquoi la position de la femme dans les pays musulmans est-elle à ce point abominable ? Si nous sommes si tolérants et si pacifiques, pourquoi tant de divisions et de violences ethniques, religieuses, politiques et culturelles ? Pourquoi ne pouvons-nous, ne voulons-nous pas voir que nous sommes dans une situation alarmante ? Pourquoi sommes-nous si furieux ? Pourquoi une telle hostilité, une telle haine à l'égard des autres et de nous-mêmes ? Pourquoi n'arrivons-nous pas à nous regarder en face ?

Si je devais décrire l'islam, je dirais qu'il est devenu comme le père Atta : traumatisé, désemparé, aveuglé. De même que le père a engendré son fils Mohammed, l'islam a engendré un rejeton que nous appelons tantôt fondamentalisme, tantôt islam politique. De même que le père ne s'est pas rendu compte que son fils avait en lui une part maléfique, de même nous avons longtemps refusé qu'une religion naguère pacifique, pleine de force et d'énergie, portait en elle le fanatisme et la violence. Nous avons toujours voulu et voulons encore une solution musulmane à tous nos problèmes. Nous avons toujours confié à Dieu le cours de nos vies, l'organisation de notre société, notre système économique, l'éducation de nos enfants et les relations entre hommes et femmes. *Inch Allah* (comme il plaît à Dieu) est l'expression la plus usitée dans les conversations entre musulmans.

Dieu nous a-t-il laissés tomber ? Nous avons en tout cas totalement perdu de vue l'équilibre entre religion et raison. Il en résulte pauvreté, violence, instabilité politique, malaise économique et souffrance humaine. De la même manière que le père Atta est fier de son fils, nous sommes fiers de notre islam.

Pourtant, des musulmans doutent et commencent à réfléchir sérieusement. La quête pour sortir du labyrinthe qui nous retient prisonniers a déjà commencé. Pour l'instant, ces hommes et ces femmes sont encore en minorité et doivent se battre contre la misère et contre le fondamentalisme. Mais pas seulement. En effet, il ne faut pas oublier les forces réactionnaires qui sont passées maîtres dans l'usage des libertés (constitutionnelles) des démocraties telles que les Pays-Bas. Forces qui mobilisent efficacement les moyens mis à leur disposition pour maintenir les foules musulmanes dans leur aveuglement.

Devons-nous avoir peur de l'islam ? Reformulons la question : devons-nous avoir peur du père Atta ? Jusqu'à quel point la peur est-elle fondée ? Que peut-on faire pour réagir ?

Il est humain d'avoir peur des aspects déplaisants d'une religion, mais il est aussi humain de comprendre la douleur des musulmans et de vouloir les aider.

Les régimes réactionnaires du Proche et du Moyen-Orient ont réussi à persuader les États-Unis que le seul mal à combattre est le terrorisme engendré par le fondamentalisme islamiste. Les États-Unis ne se rendent pas compte que ces régimes sont eux-mêmes un facteur du fanatisme, ou wahhabisme, pour reprendre le nom qui lui est donné en Arabie saoudite. Comme les fondamentalistes sont la seule forme d'opposition à ces régimes réactionnaires, la politique des États-Unis ne peut avoir que des effets pervers. L'image de l'Ennemi entretenue par les fanatiques comme Ben Laden est renforcée par l'intervention américaine. Car telle est l'amère réalité : la population musulmane utilise l'islam comme un moyen politique pour renverser des régimes qui l'oppriment, mais les promesses des fondamentalistes musulmans à la population n'offrent aucune perspective. C'est pourquoi il est urgent que les musulmans modifient de l'intérieur leur religion.

Malgré toute la compassion et la compréhension que l'on peut ressentir face à la souffrance de quelqu'un, on ne peut pas perdre de vue que cette souffrance est une conséquence inéluctable de la manière dont l'islam se construit à la maison, à l'école, dans la vie quotidienne et dans les médias.

Mais il manque aux musulmans la volonté et l'audace de mettre ce point déterminant à l'ordre du jour. Dans ce processus de libération, nous devons avoir à l'esprit qu'il y a une différence essentielle entre la situation du père Atta et celle de l'islam. Le fils Atta est mort pendant que l'islam poursuit sa route.

Que faire, alors ?

Le premier point consiste à ne pas sous-estimer l'extrémisme haineux visible dans les attentats du 11 Septembre. La peur d'un tel islam est fondée. Le fanatisme est une réalité qui ne cesse de gagner de l'audience. Occidentaux et musulmans ne doivent pas se rejeter la responsabilité, au risque d'une méfiance réciproque. Cela ne résoudrait rien. Pis : les fanatiques en tireraient profit.

Le second point, c'est de mettre en pratique « les Lumières ». Nous devons nous rendre compte à quel point il est urgent de rétablir l'équilibre entre raison et religion. Il nous faut y travailler sans relâche. La religion n'offre pas de solution adéquate à la grave situation que connaissent les musulmans de par le monde. Nous devons structurellement forcer la religion à reprendre la place qui est la sienne. C'est-à-dire à la mosquée et dans la sphère privée. Nous sommes enclins à considérer des valeurs universelles telles que la liberté individuelle et l'égalité entre homme et femme comme des valeurs exclusivement occidentales. C'est une erreur. Nous devons mettre en vigueur ces valeurs et œuvrer à des institutions politiques et juridiques capables de les protéger et de les promouvoir. Nous devons construire ensemble une nouvelle société et nous préoccuper d'analyse rationnelle et scientifique. Certes, ces valeurs ont connu leur première application massive en Occident, mais cela ne signifie pas qu'elles soient moins importantes pour d'autres parties du monde. Sinon, ils ne seraient pas si nombreux à fuir vers l'Occident. Ces objectifs requièrent un changement fondamental dans la mentalité des musulmans. À commencer par l'exégèse critique des sources de l'islam.

Le troisième point concerne surtout les Occidentaux non musulmans, qui ont si longtemps profité des fruits des Lumières. Ils pourraient nous aider dans nos aspirations. Penseurs et hommes de pouvoir, par exemple aux Pays-Bas, pourraient nous aider à parcourir une partie du chemin vers la Raison. Le problème, c'est qu'ils sont face à un dilemme : comment peuvent-ils, d'une part, maintenir une société de droit, combattre l'intolérance religieuse et, d'autre part, aider les musulmans dans leur processus d'émancipation ? Jusqu'à présent, les politiciens et autres responsables ont réagi à ce dilemme en évitant la confrontation.

Au moment où j'écris, les forces réactionnaires sont encore omniprésentes au sein de l'islam. De même que les régimes du Proche et du Moyen-Orient détournent le soutien des États-Unis pour consolider leur propre pouvoir, beaucoup d'organisations musulmanes aux Pays-Bas réussissent à maintenir leurs opinions conservatrices, par exemple concernant la position de la femme. Les autorités nationales ne font que suivre le mouvement. Par exemple, le maire d'Amsterdam, Job Cohen, pense contribuer à l'intégration des musulmans dans la société néerlandaise en revivifiant la cohésion des religions. Alors que nous sommes dès la naissance imprégnés de religion, et que c'est précisément une cause de notre retard. Avec son appel, il semble vouloir nous isoler pour de bon. C'est pourquoi les réactionnaires lui décernent le titre d'honneur de « cheikh ». Autre exemple ? Le ministre Roger Van Boxtel qui s'obstine à défendre l'enseignement islamique. Qui entretient justement notre retard. Ce qui lui fait mériter le titre de « mollah » dans les milieux réactionnaires.

Ce dont le cheikh Cohen et le mollah Van Boxtel doivent se rendre compte, c'est que nous baignons déjà dans la foi et la superstition. Il nous faut au contraire des écoles de philosophie et œuvrer en faveur de l'émancipation des femmes. Notre « cheikh » a-t-il déjà visité un accueil pour femmes battues dans sa ville ? Si c'est le cas, avec sa capacité d'écoute presque infinie, il aura remarqué la souffrance souvent occultée des musulmanes, dont Islam en Burgerschap [Islam et citoyenneté] ne dit pas un mot... Sur cette souffrance des femmes, la communauté musulmane, les sept cent cinquante-trois organisations musulmanes subventionnées des Pays-Bas sont muettes comme des carpes. Seules des organisations telles que l'Aide psychiatrique ambulatoire, la Protection de l'enfance, SOS enfants maltraités sont au courant. Les musulmans s'y pressent. Mais ces organisations sont condamnées au silence pour cause de secret professionnel.

Dans les familles musulmanes, il pèse un lourd tabou sur la contraception, l'avortement et les violences sexuelles. Tabou provenant directement de notre religion. Une fille enceinte ne dit rien à la maison. Le pouvoir de cohésion de la religion s'exerce de manière purement négative. C'est une oppression pure et simple. Résultat : pas de lien, de complicité, mais un déchirement intérieur et une solitude terrible. Seule porte de sortie : les cliniques qui se sont spécialisées dans l'avortement. Soixante pour cent des avortements aux Pays-Bas concernent des femmes d'origine étrangère, dont un grand nombre de musulmanes.

On voit donc que la peur de l'islam est déjà présente aux Pays-Bas. Politiciens et responsables dans ce pays sont trop effrayés à l'idée de nous confronter à notre détresse. C'est ainsi que la peur d'offenser entretient l'injustice et la souffrance.

4

Des normes qui font mal

De l'intégration comme un apprentissage de la modernité [1]

L'intégration est une question normative par excellence. Dans la pratique, on attend des migrants qu'ils assimilent certaines normes et valeurs des Pays-Bas et qu'ils s'y conforment. Dans le débat sur l'intégration, nous avons tendance à désapprouver le comportement des musulmans qui s'éloignent de cette norme, sans étudier les sources d'un tel comportement. Nous condamnons la polygamie, le crime d'honneur et les mauvais traitements envers les femmes; nous entendons combattre le passéisme grâce à l'enseignement et au travail; nous faisons le lien entre déscolarisation et criminalité. Mais nous préférons éluder l'arrière-plan culturel et religieux de ces dysfonctionnements. Ce sont des habitudes archaïques. L'orthodoxie des vues religieuses freine l'intégration et l'on s'en accommode comme on peut.

Il est certain que la culture et la pensée anciennes vont encore se perpétuer longtemps parmi les musulmans. Les imams ultraconservateurs, les mariages importés, la montée de l'enseignement islamique et le succès des chaînes de télévision aux tendances fondamentalistes y pourvoient. On ne peut plus se permettre d'ignorer la déplorable interaction entre les retards culturels de la population musulmane et leur décalage social.

La première partie de cet essai traitera de l'aspect culturel et religieux. En m'appuyant sur trois auteurs – Armstrong, Lewis et Pryce-Jones –, je tenterai de montrer que la foi musulmane se prête tout particulièrement à la conservation d'usages prémodernes. L'islam se caractérise par le fait que religion et culture sont étroitement imbriquées. De nombreuses pratiques inacceptables selon les critères occidentaux sont légitimées en se fondant sur des versets du Coran. L'univers mental de l'islam est le reflet de la stagnation dans laquelle cette religion s'est enfoncée quelques siècles après sa naissance.

Je brosserai ensuite un bref tableau de l'arrière-plan des migrants musulmans aux Pays-Bas. Je traiterai encore dans cette partie des conséquences d'une mentalité prémoderne.

J'esquisserai ensuite quatre visions de l'intégration qui ont influencé la politique des autorités néerlandaises durant les dernières décennies : politico-juridique, socio-économique, multiculturelle, socioculturelle. Je critiquerai ensuite ces approches en examinant jusqu'à quel point elles tiennent compte de l'arrière-plan culturello-religieux esquissé dans la première partie.

Je pars de l'hypothèse que les fondements de l'islam traditionnel, ajoutés à d'anciennes habitudes de groupes ethniques spécifiques, sont en conflit avec des valeurs et des normes élémentaires de la société néerlandaise. La crise socio-économique concernant de nombreux musulmans aux Pays-Bas s'explique en grande partie par le fait qu'ils n'assimilent pas les valeurs de la société qui les accueille. Ils privilégient les coutumes de leur culture d'origine.

Pertinence sociale

Pourquoi cet essai se cantonne-t-il aux problèmes d'intégration des musulmans ? Les difficultés se rencontrent aussi chez les Surinamiens, les Antillais, les Ghanéens (chrétiens) et les Chinois (pour ne nommer que quelques groupes). Pourtant, les problèmes d'adaptation des musulmans sont spécifiques et liés à la religion. En ignorant l'arrière-plan culturel et religieux, on ne fait que brouiller les pistes. Par « musulmans » on entendra ici les gens qui croient qu'il y a un Dieu unique, (Allah), que Mohammed est Son prophète et que Son enseignement est fixé dans le Coran. Il s'agit ici de la « religion comme un facteur qui crée de la culture, avec un système de normes et de valeurs découlant d'opinions sur la Vérité divine et un contexte social considéré en conséquence comme la traduction naturelle d'un ordre moral supérieur [2] ». Si les jeunes musulmans vont moins à la mosquée, ils n'en sont pas moins musulmans pour autant. Chez les non-pratiquants, la foi reste au cœur de l'identité, des normes et des valeurs.

Les musulmans dont nous parlons sont en premier lieu les migrants pour raisons économiques de Turquie et du Maroc. En l'an 2000, on enregistrait respectivement trois cent neuf mille et deux cent soixante-deux mille personnes pour ces deux communautés. Viennent ensuite les demandeurs d'asile des dix dernières années : d'Irak (trente-huit mille personnes), de Somalie (trente mille), d'Afghanistan (vingt-six mille) et d'Iran (vingt-quatre mille). Le Pakistan, la Tunisie et l'Algérie comptabilisent à eux trois trente-cinq mille personnes. Elles sont arrivées aux Pays-Bas jusqu'en l'an 2000 [3]. Naissances et migrations en chaîne augmenteront fortement les effectifs de ces communautés dans les décennies à venir. Quelques faits :

• les musulmans sont actuellement la plus grande catégorie idéologique parmi les nouveaux immigrants [4]. Ils représentent sept cent trente-six mille personnes. La majorité de ces hommes est attachée à sa communauté. C'est ce que montre le très haut pourcentage de mariages importés (presque les trois quarts chez les Turcs et les Marocains) et le bas pourcentage de mariages avec des autochtones néerlandais (probablement moins de 5 %). « Pour la grande majorité, venant des pays islamiques, on ne peut pas parler de convergence, constate l'économiste Arie Van der Zwan. Leur profil démographique est traditionnel. Ce qui est remarquable, c'est précisément que la première comme la deuxième génération ne diffèrent pas énormément [5]. » D'après lui, la persistance des normes traditionnelles (par exemple se marier et avoir des enfants très jeune) est un obstacle important à la mobilité sociale et à l'intégration dans une société moderne. Les enfants d'une famille nombreuse dont les parents ont un faible niveau d'éducation suivront leurs traces. « Une condition de la mobilité sociale est de jouir d'une longue période d'éducation, ce qui est incompatible avec le fait de se marier jeune et de faire rapidement des enfants » ;

• aux Pays-Bas, les musulmans vivent principalement dans les quartiers défavorisés des villes grandes et moyennes. Les migrants ont en général un faible niveau de formation. En Turquie et au Maroc, ceux-ci venaient souvent des couches économiques les plus modestes. Les demandeurs d'asile sont eux aussi, pour la plupart, dépourvus de formation. Les enfants de milieu musulman sont confrontés à un taux relativement haut d'échec scolaire. Même les filles qui accèdent à un niveau d'études supérieures sont mariées par leurs familles et interrompent souvent leurs études. Le chômage des musulmans est deux ou trois fois plus élevé que celui des autochtones. Ceux qui travaillent sont souvent dans un secteur sensible à la conjoncture économique. Les magasins, la restauration ou l'hôtellerie. Le recours aux aides sociales est assez important. La criminalité est beaucoup plus grande. Bovenkerk et Yeşilgöz parlent de chiffres de criminalité inquiétants ;

• depuis l'effondrement des *Twin Towers* à New York et le résultat des élections néerlandaises du 15 mai 2002, la question de l'intégration des musulmans est devenue plus aiguë, plus urgente. Le ton est monté d'un cran. La dimension politiquement radicale de l'islam suscite bien des débats. Parallèlement, une partie des musulmans installés aux Pays-Bas est attirée par cette branche dure de l'islam.

Le monde de l'islam

Dans leurs élucidations, les chercheurs ont tendance à détacher la foi de ses origines sociales. On décrit sa multiplicité théologique, l'histoire de la philosophie islamique ou encore l'islam comme un voyage spirituel intérieur. Mais il est rare qu'on pose un regard sociologique sur la naissance de cette religion mondiale.

Ce qui n'est guère étonnant, affirment les chercheurs Allievi et Castro, puisque l'islam était ignoré de l'Europe il y a encore peu de temps. Ils expliquent l'absence d'analyse fouillée parce que cet objet d'étude était cantonné au petit monde des orientalistes classiques, devenant ainsi prisonnier de leurs méthodes d'investigation et de leurs intérêts. Ils signalent aussi la quasi-absence de recherche sociologique par les scientifiques du monde islamique [7]. Un travail comparable à celui du sociologue allemand Norbert Elias sur la sociogenèse et la psychogenèse de l'islam reste à entreprendre [8].

Trois caractéristiques étroitement liées de l'univers mental de l'islam traditionnel sont passées en revue par Lewis et Pryce-Jones. L'identité culturelle et religieuse des musulmans se caractérise par :

- des tendances hiérarchico-autoritaires
(« le chef est tout-puissant, les autres n'ont qu'à obéir ») ;
- une identité de groupe
(le groupe prévaut toujours sur l'individu, il faut toujours se méfier de ceux qui n'appartiennent pas au clan) ;

• des dominations patriarcales et une culture de la honte

(la femme a une fonction reproductrice et obéit à son mari. Sinon, elle déshonore la famille).

L'identité musulmane (l'image de l'homme et du monde) est une identité de groupe, où les notions d'honneur[9] et de déshonneur sont centrales. On parle alors de la communauté des fidèles (*umma*).

Il suffit qu'une personne se dise musulmane pour qu'on la considère avec plus de respect. Les musulmans opprimés ont un lien émotionnel avec les autres musulmans du monde. La communauté des fidèles est souvent représentée comme un corps qui saigne chaque fois que des coreligionnaires souffrent quelque part dans le monde (Cachemire, Palestine).

D'ailleurs, ce sentiment n'a pas forcément de lien direct avec les nationalités, la nationalité étant un concept moderne. Un Kurde de Turquie se sent proche d'un Kurde d'Iran ou d'Irak, mais pas de son voisin turc !

Pour ce qui est de la famille, avoir autant de fils que possible est source d'honneur. Ce qui conduit beaucoup d'hommes à se marier tôt et avec plus d'une femme. La position d'infériorité de la femme est une conséquence de ce désir d'avoir de nombreux fils. Et cela pour deux raisons.

En premier lieu, les enfants d'une femme portent toujours le nom de leur père, jamais celui de la mère. Elle fait des enfants pour un clan défini par le mariage. La méfiance à l'égard des autres conduit à conclure des mariages entre cousins et neveux. Le désir d'enfanter des fils peut provoquer une croissance démographique incontrôlée. Le mariage consanguin entraîne de sérieux risques pour la santé [10].

En second lieu, une femme risque de souiller l'honneur de son père en quittant son clan, en ne mettant pas l'habit approprié pour sortir ou en faisant l'amour avant le mariage. Les punitions encourues varient de l'avertissement verbal aux mauvais traitements, du reniement à la répudiation, voire au meurtre. À terme, plus personne ne veut plus épouser cette femme. Non seulement la famille décroît en considération, mais encore la femme devient une charge financière. Sa présence sous le toit parental est un constant rappel du déshonneur qu'elle a fait subir à sa famille.

L'individu est donc entièrement subordonné au collectif. Tous les enfants font l'apprentissage de cette culture de la honte. Des valeurs comme la liberté et la responsabilité individuelle ne jouent aucun rôle dans un tel univers. La première vertu qu'apprend un enfant, c'est d'obéir aux membres adultes de sa famille. Les garçons apprennent également très tôt à ne pas se laisser importuner. Leur comportement agressif a une valeur fonctionnelle, il s'agit d'éviter l'humiliation publique.

La culture décrite ci-dessus ressemble fort à un concept du sociologue Jan Romein, bien connu aux Pays-Bas : le modèle humain général. Van der Loo et Van Reijen résument ainsi ses traits essentiels : un modèle que l'on retrouve dans toutes les sociétés, sauf dans la société moderne. L'homme est une partie de la nature. Il veut l'utiliser mais n'est pas obsédé par le désir de percer ses secrets. Il pense par images et non de façon abstraite. L'autorité est absolue et intangible. Enfin, le travail n'est pas un bienfait mais une peine et une malédiction. L'oisiveté est un luxe désiré par tous mais réservé à un petit nombre [11].

Islam et mentalité tribale

L'islam est apparu dans une société tribale. Le monothéisme était une rupture complète avec le polythéisme pratiqué dans la péninsule Arabique [12].

La foi nouvelle galvanisa la tribu de Mahomet dans sa lutte perpétuelle contre les tribus voisines. Mahomet prêchait la commisération : les tribus vaincues n'étaient pas réduites en esclavage si elles se convertissaient et venaient grossir les rangs des combattants contre les tribus voisines d'infidèles. C'est ainsi que la religion musulmane connut une forte expansion ; on accordait une grande importance à la conquête et à la conversion des infidèles. Des coutumes pré-islamiques comme la prière, le jeûne et l'aumône furent incorporées. La relation entre Mahomet et son dieu est verticale. Dieu est tout-puissant, Il est un, Il commande et Mahomet obéit. La relation entre Mahomet et ses adeptes est simple : sa volonté fait loi.

Le Coran prescrit l'ordre social qui est souhaitable. Il s'agit avant tout d'endiguer l'anarchie tribale de l'époque, les combats extrêmement violents entre clans et tribus. David Pryce-Jones décrit dans *The Closed Circle* le fonctionnement de ce système tribal [13]. C'était un cercle sans fin de violences dans lequel une tribu cherchait à soumettre l'autre. On se battait en permanence pour le pouvoir. Chaque famille, clan ou tribu avait un homme à sa tête. Qui avait souvent conquis sa position par la ruse et la violence. Le grand succès de Mahomet fut d'imposer d'importants préceptes politiques et sociaux à un certain nombre de tribus. Ces dispositions s'appuyaient sur les valeurs fondamentales de ces dernières, comme la défense de l'honneur et la redistribution des richesses. Ce dispositif législatif a rendu durable l'union entre tribus. Les combats se poursuivaient, mais pas contre les tribus entrées dans le cercle des islamisants.

Dans de nombreux préceptes du Coran, priorité est faite à la paix sociale à l'intérieur du groupe. De nombreuses règles concernant l'honneur de l'homme et de sa famille. Ainsi, un homme mettra autant de passion à veiller à son honneur que d'application à éviter le déshonneur ou la honte. Les stratégies d'évitement et de mensonge jouent ici un grand rôle. Dans une culture de la honte, il est courant d'ignorer ou de nier carrément ce qui s'est vraiment passé. Tout cela va de pair avec un fort sentiment de défiance à l'égard non seulement des étrangers mais aussi des membres de sa propre famille ou de son propre clan. Au sein du groupe règne un contrôle social important, où la méfiance s'exprime surtout sous la forme d'un bavardage sans fin autour des manquements (supposés) aux règles censées soutenir l'honneur du groupe.

Grandeur et décadence de l'islam

Bernard Lewis admire la manière dont les tribus arabes ignorantes et écrasées par l'anarchie se sont unies sous la bannière de l'islam et ont fini par donner une civilisation d'extension mondiale. Au VIIe siècle furent conquises la Syrie, la Palestine, l'Égypte et l'Afrique du Nord. Rien ne semblait pouvoir arrêter la foi nouvelle. Du temps de la grandeur de l'islam, une seule civilisation put lui être comparée : celle de la Chine. Que Bernard Lewis définit comme étant limitée à une seule région et à un seul groupe racial. Il en allait tout autrement de la civilisation islamique. Les musulmans fondèrent une civilisation mondiale, pluriethnique, multiraciale et universelle [14]. Lewis déplore la situation actuelle des peuples musulmans. En comparaison du monde chrétien, le monde islamique est devenu pauvre, faible et ignorant.

Que s'est-il passé ? L'essayiste expose deux approches différentes pour répondre à cette question. D'abord celle des partisans de la laïcité. Qui interrogent la place de la religion dans les sociétés islamiques. Pour eux, c'est le principe de la séparation des Églises et de l'État et la construction d'une société civile régie par des lois dépourvues de toute dimension religieuse qui sont à l'origine de l'avance de l'Occident. La seconde approche est sociopsychologique, suivie par beaucoup de féministes. Qui mettent en avant le sexisme et la relégation des femmes à un statut d'infériorité dans la société islamique. Non seulement le monde musulman se prive ainsi des talents et des énergies de la moitié de sa population, mais encore cela se répercute sur l'éducation. Les enfants sont confiés à des femmes analphabètes et opprimées.

« Une telle éducation [...] produit des individus arrogants ou soumis, en tout cas inaptes à la vie dans une société libre et ouverte », affirme Lewis, décrivant ensuite la popularité grandissante parmi les musulmans d'une réponse perverse à la question « Que s'est-il passé ? ». Le mal nous aurait frappés parce que nous avons négligé l'héritage révélé de l'islam. Réponse aussi simple que mortelle, car elle signifie une régression vers un passé en grande partie mythique [15]. La révolution iranienne, les mouvements fondamentalistes dans certains pays musulmans en sont des exemples. En comparaison, la démocratie laïque offre plus de perspectives. D'où chez Lewis une appréciation positive de la République turque fondée par Atatürk. Pryce-Jones a une vision plus sombre de la manière dont la laïcité et autres produits de l'histoire occidentale peuvent être ou sont compris par des peuples ayant un modèle social tribal.

La position de Lewis est claire, illustrée par le sous-titre de l'une des éditions anglaises de son livre : *Antagonismes entre islam et modernité dans le Moyen-Orient*. Les peuples qui faisaient jadis partie de la civilisation islamique n'ont pas réussi à suivre ce processus de modernisation radical et difficile à mener, mais en même temps libérateur. Leurs voisins et rivaux – l'Occident chrétien – y sont, eux, parvenus. Il nous avertit des dangers d'une spirale de haine et de ressentiment, de rage et d'apitoiement sur son sort, de pauvreté et d'oppression. Il espère que leurs talents et leur énergie se mobiliseront collectivement, leur permettant peut-être dans l'avenir de redevenir une civilisation de premier plan.

En cela, il est plus optimiste que Pryce-Jones. Ce qu'il demande aux islamistes, c'est de lâcher les valeurs essentielles que bon an mal an ils tentent de transmettre à leurs enfants. Cela signifierait qu'ils disent adieu à leur mode de pensée fondé sur l'honneur et le groupe et à leurs structures familiales patriarcales. Mais, selon Pryce-Jones, ce sont là justement les caractéristiques les plus essentielles de la tribu, celles qui font d'elle un cercle clos. Ces valeurs tribales vont tellement de soi que leurs possesseurs refusent d'en reconnaître les désastreuses conséquences à long terme. Cette évidence repose sur la légitimation sans cesse réitérée de conceptions prémodernes dans les textes du Coran. Les idées et usages de la société tribale ont été transposés dans la société industrielle et urbaine d'aujourd'hui sans prendre en compte leur contexte historique.

En ce qui concerne les possibilités de convergence entre identité musulmane tribale et processus de modernisation, les avis sont partagés. Pour Armstrong, les musulmans ont prouvé par le passé qu'ils pouvaient séparer raison et religion. Jadis, ils ont eu de grands philosophes, conquis d'énormes territoires et fondé une civilisation d'importance mondiale. Selon elle, le problème n'est pas tant les musulmans et leur religion que l'attitude de l'Occident à l'égard des pays islamiques. L'impérialisme et l'hégémonie commerciale des États-Unis ont ôté aux musulmans certaines de leurs chances de s'en sortir.

Bernard Lewis est plus sceptique. Il ne nie pas qu'à partir du XIXe siècle Britanniques et Français se soient mis à dominer politiquement et économiquement les peuples musulmans. D'où des changements culturels profonds, comme l'exode rural au XXe siècle. Il ne nie pas non plus que cela a transformé, en bien comme en mal, la vie des musulmans. Il reconnaît aussi que les Américains défendent des intérêts stratégiques dans la région. Et leur approvisionnement régulier en pétrole. Mais là n'est pas l'origine du retard de ces pays. C'est plutôt une conséquence, de même qu'au XIIIe siècle, l'invasion mongole avait été rendue possible par les faiblesses internes de l'empire musulman des Seldjoukides.

Bernard Lewis et David Pryce-Jones indiquent comme cause de leur décadence l'incapacité des musulmans à bâtir des institutions démocratiques garantissant les libertés individuelles. À créer un juste équilibre entre connaissances scientifiques et religion, la science devant souvent céder le pas à la religion. D'où les conséquences sociales et psychologiques de l'asservissement des femmes. Ils n'affirment nullement que ce triste état de fait dans une bonne partie du monde islamique soit une conséquence de l'islam en tant que religion. Mais leurs analyses suggèrent que la pratique religieuse dominante dans le monde musulman est un sérieux obstacle au développement social et à l'émancipation.

En juillet 2002 est paru un *Rapport arabe sur le développement humain* du Programme des Nations unies pour le développement, qui analyse l'espérance de vie moyenne, l'état de l'enseignement et le niveau de vie de vingt-deux pays islamiques. Le rapport donne raison à Lewis et à Pryce-Jones. Il signale des carences institutionnelles profondes dans les pays étudiés, formant un obstacle au développement. « Trois manques essentiels, qui peuvent être considérés comme caractéristiques » :

- le manque de liberté ;
- le manque d'autonomisation des femmes ;
- le manque de capacités et de savoir [16].

Le sort de la population

En pratique, comment réagit la population face à la décadence décrite par Lewis ?

Cela est rendu dans l'un des schémas ci-dessous (schéma des masses). Le schéma du pouvoir ou de l'élite qu'on trouve à ses côtés sera discuté plus loin.

Conformément à la culture tribale, dans les pays d'origine des migrants musulmans (à l'exception notable de la Turquie), le pouvoir se ramasse dans un triangle. Pouvoir politique personnel (président ou roi), haut commandement des armées et hiérarchie religieuse officielle (*uléma*). Ces trois secteurs s'équilibrent tant bien que mal. Leurs membres sont souvent issus des mêmes familles. Leur position prééminente s'appuie en partie sur ces unions. Pour ces dirigeants-là l'islam est un instrument, un moyen de consolider les rapports de force existants. Dans des États comme l'Égypte, l'Irak ou la Syrie, les dirigeants religieux sont sous le contrôle de l'autorité séculière, il s'agit donc d'un islam d'État. Ceux qui dirigent État et armée contrôlent totalement, en outre, les pouvoirs de coercition officiels (il n'y a aucune forme de pouvoir juridique indépendant), les sources de revenus (impôts et commerce), les médias (radio, télévision, presse) et l'économie. Résultat ? Stagnation sociale [17].

Le triangle des masses schématise la réaction de la population.

• *Corruption et apathie :* une partie de la population a accès aux services publics par l'intermédiaire de ses connexions claniques et tribales [18]. Ils profitent de la corruption endémique de l'administration et des entreprises. C'est ainsi que se perd une partie de l'aide des pays occidentaux riches. Ce groupe dominant cherche à s'enrichir, souvent par la corruption et le chantage. À côté de cela, une grande partie de la population accepte la situation ainsi créée ;

• *Fondamentalisme :* les fondamentalistes sont la partie de la population, en plein essor, qui refuse les rapports de force existants. Ils gagnent du terrain aussi dans les catégories socioprofessionnelles éduquées (avocats, médecins, etc.). Ils sont déçus par les idéologies laïques telles que la démocratie libérale, le nationalisme et le communisme. Les fondamentalistes croient que la réponse à la question de Lewis (« Que s'est-il passé ? ») est la suivante : la misère sociale vient de ce qu'on a négligé les normes islamiques. Les Frères musulmans, Al-Qaida (Ben Laden), Milli Görus en Turquie (Erbakan) en sont des exemples. En effet, ils reprochent aux États-Unis de soutenir la tyrannie dans leur pays. On dit aussi des fondamentalistes qu'ils sont l'authentique opposition du monde islamique. On oublie au passage que beaucoup de pays connaissent une opposition démocratique et/ou laïque. Cette opposition repose sur un prosélytisme particulièrement actif et sur le dégoût inspiré par les religieux ;

• *Ceux qui fuient – les émigrants :* les grands perdants de la stagnation sont les paysans venus de la campagne. L'exode rural les a déracinés et condamnés aux tâches les plus basses. Ils sont souvent traités de manière cruelle. Ils n'ont pas suivi de scolarité ou sont analphabètes. Les menaces de pauvreté sont nombreuses. Une petite frange de la population rurale a été absorbée par l'Europe de l'Ouest, notamment les travailleurs immigrés. Beaucoup ont fui des pays ravagés par la guerre civile et la famine. Ils ne sont généralement pas demandeurs d'asile ou immigrants pour raisons humanitaires. La majeure partie réside dans les pays voisins, la plupart du temps dans des camps de réfugiés des Nations unies. Le *Rapport arabe sur le développement humain* constate d'ailleurs que beaucoup rêvent d'émigrer vers les pays occidentaux riches.

Les musulmans aux Pays-Bas

La majeure partie des musulmans arrivée aux Pays-Bas (Turcs, Marocains et une partie des demandeurs d'asile) n'a pas fait le choix délibéré de ce pays. Ils se sont retrouvés ici par nécessité. Ils viennent de la campagne, où les traditions tribales sont encore prépondérantes.

Si nous définissons la culture comme le répertoire des connaissances, des symboles, des usages, des règles de conduite d'une collectivité [19], alors la majorité des musulmans se situe dans un âge pré-moderne. L'arrière-plan culturel a trois spécificités essentielles. D'abord la tendance hiérarchique et autoritaire. Ensuite une structure familiale patriarcale où la femme occupe une fonction reproductrice. Enfin, une pensée de groupe. Ce dernier venant toujours avant l'individu. Comme on le voit, un tel univers mental est imprégné de conceptions religieuses figées dans le passé.

Les problèmes d'intégration ne sont donc pas une surprise.

Un exemple : les dysfonctionnements liés à une pensée autoritaire dans le travail.

L'intimidation et la violence verbale sont monnaie courante. En définitive, une bonne gestion dans un esprit de concertation serait un signe de faiblesse. Dans cette culture, des instructions qui commenceraient par « Est-ce que vous voulez bien... » sont totalement méconnues. Aux Pays-Bas, il en va tout autrement. Ce qui engendre l'incompréhension et la défiance de part et d'autre. Certains musulmans se plaignant de « discrimination » et certains employeurs préférant « ne pas prendre de Marocains ». Pour un musulman aux Pays-Bas, le principe d'une concertation raisonnable est plus approprié qu'une attitude autoritaire maximaliste. Ici, pour obtenir gain de cause, il faut suivre certains codes sociaux et tenir compte des droits et des intérêts individuels de ses collègues. Dans la pratique, il s'agit pour le nouveau venu de déployer une certaine forme d'individualisme. Pour pouvoir se maintenir au sein d'une société occidentale moderne, le musulman devra développer une « boussole intérieure » stable.

Les relations entre hommes et femmes sont un autre bon exemple.

Les valeurs patriarcales des musulmans sont déplacées dans la société moderne. Considérées comme contraires à la dignité de l'homme. Le culte de la vierge et de la putain, le désir d'avoir autant de fils que possible, l'excision des filles et leur mariage forcé sont autant d'attributs d'une mentalité fondée sur l'honneur. Les musulmans en tant que groupe seront conduits à abandonner ces pratiques ainsi que les valeurs qui les soustendent. Si cela met trop de temps à advenir ou si c'est insuffisant, leur émancipation sera problématique. Pour parler comme Arie Van der Zwan : « [...] ce gouffre entre le milieu fermé où vivent les immigrants et la société occidentale ne peut être envisagé hors de l'état de stagnation que connaît la société d'où ils sont originaires. En effet, ils viennent [...] en majorité du monde islamique. Or un courant croissant dans la littérature internationale pose actuellement la question de l'échec de ce monde : "Qu'est-ce qui s'est passé, qu'est-ce qui n'a pas marché ?" On enregistre peu de progrès scientifiques, culturels et économiques depuis le XVIIIe siècle alors que dans des périodes précédentes, il a été brillant [20]. »

Le grand intérêt de la formulation de Van der Zwan vient de ce qu'il envisage à la fois l'aspect international (la stagnation comme un facteur poussant à l'émigration) et l'aspect national (les problèmes culturels d'intégration posés à la société d'accueil). Dans son article, il met en lumière les causes communes de la migration et le fait que les musulmans s'accrochent à des valeurs inadaptées au monde d'aujourd'hui.

Dans un premier temps, les politiciens néerlandais considéraient les travailleurs immigrés du Maroc et de la Turquie comme un phénomène temporaire. On appelait en néerlandais les travailleurs immigrés des travailleurs « extérieurs », « invités ». L'attitude des musulmans était du même ordre. Ils pensaient qu'ils venaient gagner de l'argent à l'étranger pour repartir dans leur pays d'origine.

Lorsqu'on s'est aperçu que les musulmans comme d'autres étrangers allaient rester sur le sol néerlandais, un débat sur l'intégration a vu le jour. Et depuis, on distingue quatre positions.

Les différentes approches

Le point de vue politico-juridique

Pour faire partie de la société néerlandaise, selon cette approche, les nouveaux arrivants légalement installés doivent automatiquement obtenir les mêmes droits et devoirs sociaux que les autochtones. C'est la condition essentielle à leur participation pleine et entière à la société. À charge pour les autorités de lutter contre la discrimination et le racisme.

Le problème de cette vision, c'est l'écart entre les droits formels et l'émancipation réelle. L'usage des droits civils et politiques est très limité dans la pratique. En effet, la participation aux élections est désespérante. Les allochtones connaissent mal leurs droits. Paradoxalement, certains droits isolent plus qu'ils n'intègrent. L'exemple le plus tragique est l'enseignement islamique subventionné par les pouvoirs publics. La simplicité de l'accès aux aides sociales a aussi son revers. Beaucoup se sont habitués à une situation d'assistanat. L'approche politico-juridique ne tient pas compte de l'arrière-plan historique des musulmans présents aux Pays-Bas. Elle se contente de son propre cadre de référence historique. Parce qu'elle ne mesure pas suffisamment la distance entre la mentalité des immigrants musulmans et celle de la société néerlandaise, elle n'a jamais pu envisager les inconvénients actuels.

L'approche socio-économique

Les allochtones en provenance de pays non occidentaux n'ont pas les mêmes chances que les autres. Il revient aux pouvoirs publics de leur offrir des chances égales d'enseignement, d'emploi, de revenu, de santé et de logement. On cherche la cause de leurs retards uniquement dans les facteurs socio-économiques, et non dans les spécificités culturelles ou religieuses du groupe lui-même [21]. On fait confiance à la législation pour redonner une chance aux citoyens en situation défavorisée.

L'avantage de cette approche, c'est qu'elle est sensible aux mécanismes d'exclusion et de ségrégation « aveugle ». L'inconvénient d'une telle démarche, c'est qu'elle provient de l'histoire sociale néerlandaise. Lutte entre travail et capital, construction de l'État-providence après-guerre, émancipation de la classe ouvrière. Pour la plupart des musulmans des Pays-Bas, l'inégalité a bien d'autres racines.

D'une part, il y a victimisation (on impute tous les problèmes à des facteurs externes) et création d'une identité négative (on se méfie du monde extérieur). Voilà qui crée des tensions et des reproches.

D'autre part, les prestations sociales telles que le RMI ou l'aide au logement atténuent les disparités. Dès lors, pour survivre, il n'est pas absolument nécessaire de s'adapter à la société néerlandaise. Ce qui risque d'arrêter net le processus de modernisation de la population musulmane vivant des aides sociales. En marge de la société, ils peuvent se cramponner à des valeurs dépassées.

Le multiculturalisme : « S'intégrer en conservant sa propre identité »

Le multiculturalisme aspire à la juxtaposition pacifique des ethnies. Vivant sur un pied d'égalité, suivant des règles de respect mutuel. Ses partisans défendent aussi les privilèges accordés aux minorités. Cette vision a été élaborée pour garantir les droits des peuples indigènes, Indiens et Inuits au Canada, Aborigènes en Australie. Aux Pays-Bas, elle a encore beaucoup de défenseurs. C'est ainsi que M. Galenkamp, spécialiste en philosophie du droit à Rotterdam, rejette la proposition du Premier ministre Balkenende de considérer les valeurs néerlandaises et la séparation des Églises et de l'État comme les axes fondamentaux de la politique d'intégration. Elle prétend que ce n'est pas possible (la société néerlandaise n'est plus homogène), pas souhaitable (cela engendre polarisation et menace pour la cohésion sociale), pas nécessaire (dans l'exercice de leur liberté, les hommes ne doivent de toute façon point nuire à autrui) [22].

C'est cette approche qui est privilégiée par les pouvoirs publics néerlandais. En promouvant un bloc musulman dans la société, le multiculturaliste renforce involontairement la position difficile des femmes musulmanes. Les subventions de l'enseignement privé permettent la mise en place de pensionnats. Où les jeunes filles sont socialisées en vue de devenir des mères et des femmes au foyer.

L'approche socioculturelle

Van der Zwan a constaté récemment que les facteurs socio-économiques ne suffisent pas à expliquer que l'intégration en soit au point mort. Les éléments socioculturels sont aussi importants parce qu'ils provoquent les problèmes d'intégration. Van der Zwan distingue les non-Occidentaux entre eux. D'un côté, Surinamiens et Antillais, de l'autre Marocains et Turcs. En se référant à l'étude du WRR [23], il conclut que les premiers produisent une classe inférieure différant à peine de son équivalent autochtone, alors que chez les seconds, il constate des différences quantitatives aussi bien que qualitatives, provenant de leur position socioculturelle. Seul un tiers d'entre eux est intégré. Pour les deux tiers, les perspectives d'intégration sont mauvaises.

Dans ce dernier groupe, la moitié des gens ont plus de quarante-cinq ans, une grande majorité d'entre eux ne travaillant plus. L'autre moitié se compose de la deuxième et de la troisième génération. Groupe insaisissable, selon lui : « L'ancrage dans leur propre groupe ethnique est absent, l'intégration dans la société pas encore présente, et l'on doit bien considérer les perspectives d'intégration comme douteuses. » Ce groupe vulnérable déraciné est exposé aux tentations de la société occidentale (liberté, drogue, sorties). Des dérapages sont possibles. Si l'enseignement et le travail peuvent les élever socialement, ils risquent aussi de s'enliser dans la criminalité et le fondamentalisme.

Conclusion

Il est éclairant de considérer le concept d'intégration comme un « processus de civilisation » des migrants musulmans à *l'intérieur* de la société occidentale. Ce qui évacue le faux débat sur l'égalité des cultures : le migrant doit-il s'assimiler ? En outre, il peut se rendre compte qu'il est à un certain niveau de développement et qu'il peut se conformer aux valeurs du pays d'accueil. Ce qui est plus séduisant que la conviction qu'on lui a extirpé quelque chose. D'une manière générale, la notion de processus de civilisation est la plus apte à réconcilier autochtone et migrant, en les aidant à se mettre à la place l'un de l'autre.

Les autochtones ont mis plus de cent ans pour s'approprier les valeurs de la modernité. Ainsi leur univers mental est plus adapté à la société occidentale, en comparaison avec ceux qui débarquent des montagnes du Rif ou de la campagne anatolienne. Il ne faut pas le nier. Pour autant, inciter les migrants à conserver des traditions parce qu'elles sont le résultat d'une histoire a des effets pervers. Il est dommage que les pouvoirs publics néerlandais aient si longtemps nié la dimension culturelle du retard des musulmans. Aujourd'hui, les tenants du multiculturalisme voient d'un œil favorable la formation d'un bloc musulman dans la société, censé les émanciper (comme les catholiques autrefois), mais cela finira inévitablement en repli identitaire. Seule une approche qui relie le retard socio-économique et le facteur culturel offre des perspectives d'avenir. Les deux fronts doivent être analysés dans un même mouvement. Faute de quoi, l'intégration est un leurre.

5

Politique nuisible à mon idéal

Interview par Arjan Visser [1]

1. Tu n'auras pas d'autres dieux devant ma face

Ma foi fut synonyme de peur. Peur de mal faire. Qu'Allah se mette en colère. De me retrouver en enfer. Peur des flammes, du feu. Allah était présent partout et prêt à jeter mon père en prison. Telle était ma relation avec Lui. Tant qu'il me laissait tranquille, j'étais heureuse. Oh ! j'ai prié quand j'avais mal, je L'ai prié pour que ma mère cesse de me battre. Mais rien n'est arrivé. Je suis athée. Il m'a fallu un peu de temps pour formuler clairement ma pensée. Peut-être trouvera-t-on cela arrogant, mais je pense que beaucoup de personnes qui affichent leur foi sont en fait des athées, qui évitent tout questionnement. La morale vient-elle de nous ou est-elle inspirée par Dieu ? Il faudrait commencer par analyser les apparitions du Premier ministre Jan-Peter Balkenende. Vous l'avez déjà écouté ? Il évoque toujours les valeurs bibliques sans en avoir l'air. Lui, le scientifique, l'homme qui a appris la réfutation avant d'atteindre une certaine vérité, pourrait-il croire que le monde a été créé en six jours ? Qu'Ève est née de la côte d'Adam ? Impossible. Les scientifiques ne croient pas. Je suis sûre que Balkenende n'est pas croyant.

2. Tu ne te feras point d'image taillée, ni de représentation quelconque des choses qui sont en haut dans les cieux, qui sont en bas sur la terre, et qui sont dans les eaux plus bas que la terre.

Avec le premier commandement, Mahomet entendait enfermer le bon sens. Avec le deuxième, c'est l'aspect créatif et exaltant de l'humanité qui est asservi. Je trouve dommage que tant de personnes soient dépourvues de sens artistique. En somme, la culture islamique est une survivance. Immuable, pétrifiée. Tout est consigné dans le Coran et il n'y a pas de changement possible. À titre personnel, je continue à juger l'enseignement de Mahomet dépassé. Mais, comme maintenant je suis une femme politique, j'ai nuancé mes propos. Je trouve arriéré le principe de l'islam – la soumission à la volonté d'Allah –, mais cela ne signifie pas que j'ai la même opinion concernant les porteurs de cette foi. Je pense qu'ils ont un train de retard. C'est différent. Ils peuvent encore le rattraper.

3. Tu ne prendras point le nom de l'Éternel, ton Dieu, en vain

Offenser le prophète Mahomet est passible d'une condamnation à mort. C'est lui qui a recueilli cette parole de Dieu. Ce n'est pas la première fois qu'il transmet des messages qui l'arrangent. Il suffit de lire le Coran ; il a volé Zaïneb, la femme de son disciple, en disant que c'était la volonté d'Allah. Pis, il est tombé amoureux d'Aïcha, la fille de son meilleur ami, qui avait neuf ans. Le père d'Aïcha dit : « S'il te plaît, attends qu'elle ait atteint la puberté. » Mais Mahomet ne voulait pas attendre aussi longtemps. Alors que se passa-t-il ? Allah lui fit savoir qu'Aïcha devait se préparer pour lui. Tel est l'enseignement de Mahomet : il est permis de s'emparer de l'enfant de son meilleur ami. Pour nos standards occidentaux, Mahomet est un pervers. Un tyran. Il est contre la liberté d'expression. Si on ne fait pas ce qu'il dit, on s'attire des désagréments. Cela me fait penser à tous ces potentats mégalomanes du Moyen-Orient : Ben Laden, Khomeini, Saddam... Vous trouvez suspect qu'un homme comme Saddam Hussein puisse encore exister ? Mais il a Mahomet pour exemple. Mahomet est un exemple pour tous les hommes musulmans. Vous trouvez étrange que tant de musulmans soient violents ? Vous sursautez mais, ainsi, vous commettez la même erreur que la plupart des Néerlandais autochtones. Vous oubliez d'où je viens. J'ai été musulmane, je sais de quoi je parle. Il est inadmissible que, dans un pays démocratique, je doive affronter le chantage posthume de Mahomet. Aux Pays-Bas. M. Aboutaleb a le droit de lire le Coran et de trouver Mahomet fantastique. Mais, pour ma part, j'ai le droit de penser que Mahomet est un individu méprisable. Je veux montrer qu'il y a une autre réalité que la « vérité » qui se répand sur le monde avec le soutien de l'argent saoudien. Je sais que les femmes qui se disent musulmanes ne me comprendront pas. Mais un jour, elles feront tomber les masques. Nous devons employer tous les canaux de la socialisation – la famille, l'enseignement, les médias pour que les femmes musulmanes deviennent autonomes et financièrement indépendantes. Cela demandera de nombreuses années, mais bientôt ces femmes diront elles aussi : « Je ne veux pas vivre comme ma mère. »

4. Tu te souviendras du jour du sabbat pour le sanctifier. Pendant six jours tu travailleras et tu feras ton ouvrage; mais le septième jour est un sabbat pour Yahvé ton Dieu. Tu ne feras aucun ouvrage

Quand je suis débordée, il faut que je me retrouve un peu. Dans ces cas-là, j'ai besoin d'être seule. De rester en pyjama, de bouquiner. Ou de ne pas me lever. Oui, de traîner. Il fut un temps où je tenais ce rythme trois jours de suite. Mais ces derniers mois, je n'en ai pas eu l'occasion. Je pense que le dimanche dans sa version chrétienne pourra se révéler utile à l'avenir.

5. Honore ton père et ta mère

Allah dit : en premier lieu, obéis-moi, ensuite, obéis au prophète Mahomet, et puis à ton père et à ta mère. Il n'y a qu'un seul moment où tu peux leur désobéir. S'ils te demandent de ne plus croire en Allah. J'ai attendu longtemps avant de revendiquer ma rupture avec l'islam. J'avais peur de perdre ma famille. Toute ma vie, j'ai voulu ménager la chèvre et le chou, jusqu'à ce que ce ne soit plus tenable. Tout ce que j'écris maintenant, tout ce que je dis, je n'aurais pas pu le faire si j'avais continué sur cette pente. Maintenant, entre ma famille et moi, il y a un grand Dieu vide. C'est fou ce que la religion peut être perverse. Elle s'immisce dans les relations intimes et force les parents à choisir entre leurs enfants et Dieu.

Ils sont toujours dans mes pensées. Un manque. Un chagrin. Pourtant, je maîtrise mieux le sentiment de culpabilité depuis que j'ai arrêté de croire que ma désobéissance se paierait par un aller simple en enfer. Tout ce gâchis me rend triste. Pourquoi ne m'acceptent-ils pas comme je suis ? Je voudrais que mon père soit présent pour mon investiture à la Chambre des députés. Qu'il me tienne dans ses bras. Cela n'arrivera pas. Je voudrais envoyer de l'argent à ma mère. Je voudrais savoir si elle va bien, mais je n'ose pas lui téléphoner. Elle a choisi Allah.

Ma mère est une femme sévère, elle a une forte volonté. Elle sait obtenir ce qu'elle veut ; si elle échoue, elle devient violente. À la maison, elle cassait tout. Elle était froide, distante, perfectionniste. Si à l'école j'avais répondu à neuf questions sur dix, elle voulait savoir pourquoi j'avais fait une seule erreur. J'avais peur d'elle et je l'admirais en même temps. Elle était toujours là pour nous. Quand mon père a fait sa connaissance, il était l'homme le plus important de Somalie. C'était peu après l'indépendance. Il s'occupait vingt-quatre heures sur vingt-quatre de constituer un parlement et d'enclencher le processus d'alphabétisation. Quand ce fut la fin de la démocratisation et que mon père fut emprisonné, ma mère lui est restée fidèle. Lui rendant visite tous les jours, lui apportant à manger. Mais dans ses moments de faiblesse, quand c'était elle qui avait besoin de lui, il fuyait. Chaque fois. Nous avons été obligés de le suivre vers d'autres pays dont elle ne connaissait pas la langue. Je comprends qu'elle ait été excédée. C'est une déclaration injuste, mais c'est la vérité : mon père me manque plus que ma mère. Il était gentil, nous cajolait, jouait avec nous. Disait que j'étais jolie. Et maligne. Me portait aux nues. Quand il était à la maison, j'étais comblée. Mais il ne tenait pas en place. Sans vraiment prendre congé. « Je reviendrai le week-end prochain » et il n'est réapparu que dix ans plus tard. Et pourtant... je voudrais aller le voir, même si je sais qu'il me claquerait la porte au nez. Il préfère raconter que je suis une détraquée. J'irai le voir quand il me manquera. Quand je ressentirai le besoin de lui parler. Quand je voudrai qu'il me serre encore une fois dans ses bras. Je suis suffisamment réaliste pour savoir qu'il ne m'écouterait pas aujourd'hui, mais assez idéaliste aussi pour continuer à espérer qu'il rouvrira sa porte un jour.

6. Tu ne tueras point

Il y aura toujours un ou deux fous de Dieu qui voudront me tuer parce que je suis devenue athée et qu'en m'assassinant ils penseront gagner le ciel. Mais je suis surtout une menace pour les musulmans qui craignent que je pèse sur les autorités et que des subventions disparaissent ou que des écoles islamiques soient fermées. Ne vous y trompez pas : il y a beaucoup de musulmans qui sont de mon côté. Seulement, ils ne s'expriment pas encore sur la place publique. Dès qu'ils le feront, dès que les choses évolueront, cela n'aura plus aucun sens de vouloir me tuer. C'est juste une question de persévérance. Combien de temps vivrai-je encore avec une garde rapprochée ? Plus très longtemps. Il ne s'agit pas que de moi. L'islam et la manière dont certains se mobilisent pour défendre les enseignements de Mahomet sont devenus un sujet d'ampleur internationale, consigné dans des rapports des Nations unies. Ben Laden et ses alliés ont obtenu exactement le contraire de ce qu'ils voulaient. Les choses iront de plus en plus mal pour l'islam.

7. Tu ne commettras point d'adultère

J'ai été donnée en mariage à un lointain cousin. Je devais fonder avec lui une famille au Canada. Quand je me suis enfuie, mon père m'a reniée. Au bout d'un moment, il a regretté sa décision et a tout fait pour que je puisse divorcer. Il pensait que je devais me remarier, parce que la perspective que je meure sans enfants lui était insupportable. Ce divorce s'est accompli cet été. Je n'ai pas été fidèle à mon mari. J'ai eu plusieurs petits amis et ai vécu avec quelqu'un pendant cinq ans. Je ne l'ai pas raconté à mon père, mais la communauté somalienne des Pays-Bas – qui me tient à l'œil – ne s'est sûrement pas privée de le lui faire savoir. Si l'on respecte le Coran, je mérite cent coups de bâton, et, pour l'adultère, la lapidation. Quand je parle de menaces...

Si l'on fait abstraction du contexte religieux, j'ai toujours été fidèle. J'ai remarqué que les gens avaient du mal à entamer une relation avec moi. Marco, le garçon avec qui j'ai vécu cinq ans, disait toujours que j'étais insaisissable. « Tu ne t'exprimes pas, je ne sais jamais où j'en suis avec toi... » C'est vrai : j'ai du mal à m'attacher. Je sais à quel point Marco peut se mettre en colère et je ne veux pas le revivre. Je viens d'une famille où l'on se disputait en permanence. Je veux le contraire.

8. Tu ne voleras pas

Ma mère trouvait inconvenant le sport à l'école. Elle ne voulait pas m'accorder l'argent qu'il fallait donner pour les heures de sport. Je le volais. Même chose pour les leçons de chant ou les crayons de couleur que l'école nous demandait d'acheter. Dès qu'elle se rendait compte que de l'argent avait disparu de son porte-monnaie, elle se mettait à jurer et me tirait les cheveux. J'avais des éraflures sur le corps. Elle me battait avec sa main ou un bâton. Je volais aussi de la nourriture dans ses provisions pour les donner aux gens qui venaient mendier chez nous. La première fois, elle a ri, mais le jour où toute une troupe s'est retrouvée devant la porte – et qu'elle a remarqué la disparition de la nourriture pour le mois – elle est entrée dans une de ces rages...

Une sainte, moi ? Pas du tout. J'ai fait quelques bêtises pendant ma jeunesse. Embêter des filles à l'école, sonner aux portes en m'enfuyant, tourmenter ma grand-mère. Plus sérieusement, j'ai marqué à vie mon professeur coranique.

Quand ma mère s'est rendu compte que nous n'étions pas bonnes à l'école coranique, elle a engagé un professeur pour nous donner des leçons particulières à la maison. Il allait même jusqu'à nous faire fabriquer notre encre. Il fallait ensuite laver les tablettes pour recommencer au début. Et c'était ainsi chaque samedi. Puis j'en ai eu assez. Je me suis enfermée avec ma sœur dans les toilettes. Le professeur, ma mère, ma grand-mère avaient beau venir nous parler derrière la porte, nous n'ouvrions point. Je criais les pires choses au professeur. Comme : « Écrire sur des tablettes, ce n'était déjà plus à la mode au XVIe siècle ! » Au bout d'un moment, ma mère lui a dit de partir : « Voilà votre argent, elles ne veulent pas de leçon coranique. Je suis épuisée, laissez-les faire. » Peu de temps après – j'étais seule à la maison –, j'ai vu le professeur revenir. Je me suis précipitée vers le portail pour m'enfuir. Il me tira à l'intérieur de la maison, me banda les yeux et se mit à me frapper. Il m'a battue jusqu'à ce que j'arrive à enlever le bandeau. Puis il a saisi ma tête et l'a fracassée contre le mur. J'ai perdu connaissance. Fracture du crâne. Il a dû payer pour les douze jours que j'ai passés à l'hôpital. Sans compter les dommages et intérêts. Il ne pouvait plus se montrer nulle part. Marqué à vie.

9. Tu ne porteras point de faux témoignage contre ton prochain

Je possède l'art du mensonge, mais quand je n'ai plus eu besoin de mentir, j'ai tout de suite cessé.

10. Tu ne convoiteras point la maison de ton prochain ; tu ne convoiteras point la femme de ton prochain, ni son serviteur, ni sa servante, ni son bœuf, ni son âne, ni aucune chose qui appartienne à ton prochain

Tout dépend de la chose convoitée. Il y a des fragments philosophiques de Karl Popper que j'aurais aimé écrire. Paradoxalement, donc, l'étape présente – entrer en politique – nuit à mon idéal. Je veux devenir philosophe et développer mes propres théories. Un bureau pour écrire, ne pas me soucier de faire bouillir la marmite, avoir de vrais débats au lieu de pinailler sur tout et n'importe quoi. Voilà ce qui me rendrait heureuse.

6

Le cauchemar de Ben Laden

Une interview d'Irshad Manji[1]

À quatorze ans, l'écrivain canado-ougandaise Irshad Manji a été renvoyée de l'école parce qu'elle posait trop de questions sur l'islam. Mais elle ne s'est pas laissé impressionner pour autant. Elle a continué d'étudier sa religion, toute seule dans sa chambre. C'est ainsi que pour beaucoup de musulmans, elle est devenue une renégate. Au travers d'articles, de livres et de conférences, elle critique durement l'islam. Par-dessus le marché, elle professe publiquement qu'elle est lesbienne. J'ai eu un entretien avec elle au moment de la parution de son livre Musulmane mais libre.

J'ai été frappée par le fait que, dans le livre, tu t'adresses à tes « coreligionnaires ». Est-ce que tu te considères toujours comme musulmane ?

Oui, je suis musulmane. C'est ce que je veux être, car je suis convaincue que nous pouvons réformer l'islam. Crois-moi, lorsque j'ai été renvoyée de l'école, j'ai plus appris sur l'islam toute seule dans mon coin que les musulmans enfermés à l'école. Si les musulmans se mettaient à réfléchir par eux-mêmes, notre religion ressemblerait à autre chose. J'ai remarqué que beaucoup de jeunes musulmans ont aussi ce désir. Quand je parle dans des universités, il y a des étudiants qui viennent me voir pour me dire : « Au secours. On ne peut pas respirer dans cette religion étouffante, nous avons besoin d'air ! » C'est pour cette raison que j'ai écrit ce livre.

Mais te sens-tu musulmane parce que cela fait partie de ton identité, ou simplement parce que tu as été élevée dans ce système-là ?

Ce n'est pas une question d'identité. C'est une question de droits de l'homme. Je ne peux pas me taire quand je vois des femmes humiliées au nom de l'islam. Je dis toujours à mes coreligionnaires : Ne soyez pas aussi égoïstes. Levez-vous et exprimez-vous ! Les femmes qui veulent porter le voile et le *nikab* me disent toujours que c'est leur problème. Je leur réponds : c'est bien pour toi que tu puisses faire le choix de porter ces vêtements-là. Mais pense un peu à tes sœurs qui ploient sous un régime où elles sont obligées de porter le voile et sont opprimées. Bats-toi pour elles. Le prophète Mahomet a dit : « La religion, c'est la manière dont nous nous comportons envers les autres. Si tu te moques de tes responsabilités, tu n'es pas musulmane. »

Mais c'est le même Mahomet qui s'est marié avec une petite fille de neuf ans. C'est affreux, non ?

Tu as raison. Mahomet ? Je ne le connais pas personnellement. Je ne saurais dire s'il était féministe ou antiféministe. Mais, dans le Coran, il y a dans sa bouche quelques assertions très progressistes. Je demande toujours aux hommes musulmans : pourquoi portes-tu une barbe et un vêtement arabe qui date du XVIIe siècle, alors que tu ne suis pas les idées progressistes de Mahomet ?

En théorie, l'islam est une merveilleuse religion de tolérance. Le problème, c'est qu'elle est écrasée par l'impérialisme culturel arabe. Qui dicte aux femmes de renoncer à leur individualité pour l'honneur de leur famille. Ainsi, une fille violée reçoit cent quatre-vingts coups de fouet parce qu'elle a eu des rapports sexuels avant le mariage. Voilà ce qu'il est nécessaire de combattre.

Oui, mais ce n'est pas si facile. L'islam est né de l'héritage culturel arabe. Avant l'an 610, l'islam n'existait pas.

C'est pour cela que la réforme de l'islam est si délicate. Dans la culture arabe, on n'encourage pas à la réflexion sur soi. Pourtant, c'est la seule chance de l'islam. Persuader le milliard de musulmans de penser par eux-mêmes, cela ne fonctionne pas. Mais essayons tout d'abord de mobiliser une minorité. Il faut relever le défi de la pensée. Découvrons à quel point ce Coran est ambigu et contradictoire. Allons voir de plus près.

Comment obtient-on une chose pareille des musulmans d'Occident ?

Il nous faut des hommes politiques qui osent dire ces choses. Qui ne craignent ni la controverse ni le reproche de racisme. Tout comme le Coran, la société multiculturelle n'est pas un dogme. N'oublions pas que les personnes, musulmanes ou non-musulmanes, ont droit au respect si elles respectent les autres. Quand il s'agit des droits de l'homme, ne faisons pas deux poids deux mesures.

Pourquoi les Occidentaux libéraux et laïcs ont-ils peur de prendre position face à l'islam ?

Eh bien, dis-le-moi. Je me pose la question depuis longtemps. De quoi avez-vous si peur ? C'est ce que je demande à mes amis occidentaux. Pourquoi vous exprimez-vous quand les droits de l'homme sont bafoués aux États-Unis ou en Israël et non quand ils sont bafoués dans les pays islamiques ?

Aux Pays-Bas, les musulmans affirment qu'ils sont victimes de la presse. Qui les pousserait dans les bras du terrorisme.

Aucun journaliste n'a jamais forcé quiconque à faire quoi que ce soit. Tout ce que tu fais en Occident, c'est de ton propre gré. Devenez adultes ! Prenez vos propres responsabilités. Dans les *madrasas* [écoles coraniques], on nous a seriné que l'islam était supérieur. Historiquement, le Coran venait après la Torah des juifs. C'était donc la dernière parole de Dieu. Un tel point de vue est dangereux, parce que c'est la raison pour laquelle il n'y a jamais de critique quand un abus est commis au nom de l'islam. Il n'y a pas un seul musulman, même modéré, qui puisse discuter un quelconque point de sa foi. Simplement parce que nous n'avons jamais appris à poser la moindre question sur le Coran.

Aux Pays-Bas, les musulmans crient aussitôt au racisme quand quelqu'un émet une critique sur l'islam.

C'est une hypocrisie. Le racisme dont souffrent les musulmans en Occident n'est rien comparé à ce que les non-Arabes endurent dans le monde arabe.

Ici, on ne leur oppose pas d'obstacles. Au contraire : on n'a pas le droit de critiquer trop durement l'excision des femmes, parce que « c'est leur culture ». Alors, doit-on admettre la souffrance ? Pourquoi la police n'a-t-elle pas le droit d'intervenir quand un père menace de mort sa fille si elle refuse d'être excisée ? La réfutation admise veut que les femmes occidentales soient aussi manipulées, par un idéal de beauté. Qui les pousse vers la chirurgie plastique. Mais il y a une grande différence : aucun parent n'a déshérité sa fille parce qu'elle ne modifiait pas sa poitrine. Ce qui arrive quand elle refuse d'être excisée ou mariée. Cette peur de la discrimination rabaisse les femmes encore un peu plus. À qui veut-on faire plaisir en gardant le silence ? C'est un acte égoïste de se taire dans de telles circonstances.

Sur Internet, j'ai vu qu'on t'appelait le cauchemar de Ben Laden.

Je suis ouvertement lesbienne. Que ce soit un péché est une vision des choses qui est imposée aux musulmans. C'est la nôtre depuis des centaines d'années, disent-ils. Est-ce un argument pour refuser les homosexuels ? Dans le Coran, il est écrit que la diversité est une bénédiction pour la nature. Alors ?

7

Drôles de situations [1]

Discours pour les commémorations des morts de la Seconde Guerre mondiale

Parfois, je me retrouve dans des situations où la vie semble se jouer de moi. C'est ainsi que je suis devenue une femme politique. Et je suis passée du côté des libéraux. Qui pouvait croire une chose pareille ? Pas moi, en tout cas.

Il y a quelques semaines, je déjeunais à Nieuwspoort. Ils ont un restaurant au-dessous de la Chambre des députés où les journalistes de cette organisation peuvent offrir un verre aux politiques – mais n'ont pas le droit de les citer. C'est là qu'un aimable monsieur, plutôt engageant, me demande si je veux me prononcer sur le 4 mai [2] et la liberté d'expression.

Cet homme s'appelle Caspar Becx, c'est le nouveau président de Nieuwspoort. Il trouvait surprenant qu'une libre expression comme la mienne puisse menacer ma vie. N'était-il pas étrange pour un député d'avoir tous ces gardes du corps ?

Oui, me semblait-il. C'est pourquoi j'ai commencé par répondre par l'affirmative.

Ce n'est que plus tard, en préparant ce discours, que je me suis rendu compte qu'il s'agissait en fait du 4 mai. Les commémorations ! Le jour le plus sensible, le plus poignant de l'année. Symbole de la période la plus effroyable de l'histoire des Pays-Bas et de l'Europe. Dans les seuls Pays-Bas, deux cent quarante mille morts, dont plus de cent mille juifs. À quoi avais-je souscrit en acceptant de m'exprimer ? Qu'est-ce qu'une Somalienne de naissance avait à déclarer sur un jour aussi lourd de sens ? M. Becx n'aurait-il pas pu trouver quelqu'un d'autre pour mettre en valeur la journée symbolique du 4 mai ? Un résistant par exemple. Vingt-cinq mille personnes étaient actives dans la Résistance aux Pays-Bas. Le combat pour la liberté, ce n'est tout de même pas une promenade dans le bâtiment de l'Assemblée avec des gardes... Dans les douze cents journaux illégaux qui ont paru pendant la guerre, il doit y avoir encore des hommes qui ont mis leur vie en danger pour les imprimer et les livrer. Et qui ont dû se passer de garde rapprochée. Pourquoi ne pas leur poser la question à eux ?

Nous sommes le 4 mai et me voici, chers amis, dans la position étrange de produire un discours fort sur ce sujet essentiel. Un migrant est-il qualifié pour s'exprimer sur les événements du 4 ou 5 mai 1944 ? Ai-je une part dans cette mémoire collective des Néerlandais ou des Européens ? Pourquoi devrais-je commémorer leurs morts alors que dans mon pays et dans mon continent d'origine des quantités innombrables de gens meurent tous les jours sans commémoration ?

En y regardant de plus près, ce n'est peut-être pas si incohérent. La fin de la guerre remonte à presque soixante ans. La plupart des Néerlandais ont le sentiment qu'elle est enterrée. Les choses sont arrangées officiellement avec les Allemands. Les générations suivantes, nées après la guerre, trouvent cette histoire de plus en plus lointaine. La liberté est une expérience quotidienne, y compris la liberté d'expression. Dans l'Europe d'aujourd'hui, les mots provoquent encore de grands cataclysmes. Ils touchent, blessent, offensent. Mais rarement ils conduisent à des poursuites ou à des menaces. La liberté d'expression est devenue une évidence. Peut-être un peu trop.

L'expérience qu'ont de nombreux migrants de l'absence de liberté pourrait contribuer à ce que la commémoration des morts pour la guerre soit un rituel qui perde sa signification avec le temps. La culture de la liberté de parole façonne des générations entières de migrants et force beaucoup d'entre eux à repenser leurs vieilles traditions. Et parfois à les rejeter. Cette liberté de parole est employée pour questionner une remémoration collective. Des doutes qui cinquante ans après les faits ont été reconnus officiellement quand la reine a dit dans le Ridderzaal [3] : « Pour se faire une image juste des choses, on ne pourra pas occulter, à côté d'actes courageux, l'attentisme et le soutien actif vis-à-vis de l'occupant. »

Il est vrai que les Pays-Bas se battent encore avec leur passé colonial. Du point de vue du migrant, ce sont les Européens qui ont fondé des colonies en Afrique et s'y sont accrochés jusqu'aux années d'après-guerre. Ce sont des Néerlandais qui, après avoir été libérés de l'occupant allemand, se sont conduits de manière impitoyable en Indonésie. Aujourd'hui encore, il m'est difficile de le concevoir.

La controverse actuelle sur la liberté et la sécurité n'a vraiment éclaté qu'après l'arrivée des migrants. Entre ceux qui viennent du monde arabe et les Européens, il y a de petits et de plus grands conflits. Presque chacun d'entre eux évoque aux autochtones un souvenir de la Seconde Guerre mondiale. Les déclarations de l'extrême droite nous ramènent aux crimes d'Hitler. Les Arabes de la troisième génération qui s'identifient aux Palestiniens en criant des slogans de haine pendant les manifestations à Amsterdam : « *Hamas, hamas*, les juifs à la chambre à gaz ! »

Tout migrant est déchiré intérieurement entre la fidélité à son pays d'origine, sa famille, son passé et son pays actuel. Depuis mon enfance, je n'ai entendu que des propos monstrueux sur les juifs. Mon premier souvenir remonte aux années 1970 en Arabie saoudite. Parfois, il n'y avait pas d'eau au robinet. J'entendais ma mère renchérir sur la remarque de la voisine que c'était encore un coup des juifs. « Juif » : c'est la pire injure en somalien et en arabe. Plus tard, à la puberté, dans la seconde moitié des années 1980 au Kenya, dans chacune de nos prières, nous disions un petit mot en faveur de l'extermination des juifs. Cinq fois par jour : imaginez ! Nous faisions cette prière ardente sans avoir jamais aperçu un seul juif de notre vie. En arrivant ici, j'ai porté un tout autre regard sur les juifs. En tant qu'hommes. Et je fus encore plus bouleversée par l'incommensurable injustice qui avait été faite à des hommes stigmatisés sous le nom de juif. L'Holocauste et l'antisémitisme qui l'a précédé ne peuvent se comparer à aucune forme de purification ethnique que ce soit. En cela, l'histoire des juifs d'Europe est une exception.

Ce qui n'a pas empêché de nouveaux génocides dans le monde. Les Hutus contre les Tutsis au

Rwanda, les Serbes contre les Musulmans en ex-Yougoslavie... Cela démontre la capacité des hommes à s'organiser et à agir pour la haine. De telles éruptions sont précédées d'intimidations et d'oppressions. Heureusement qu'il y a des dissidents pour élever la voix et des institutions qui garantissent la liberté de parole.

Je ne suis pas le seul migrant à être venu chercher la liberté aux Pays-Bas, en Europe ou en Occident. Ils viennent des pays privés de liberté. Par camion, en marchant des jours durant ou au gré des flots sur des barques améliorées. Des milliers de gens sont morts en chemin vers l'Europe.

Ce que l'Europe des soixante dernières années a gagné en commémorant ses morts et en célébrant la liberté, c'est la conscience que la liberté et la paix exigent un effort constant. Que vivre sa propre identité et reconnaître la pluralité n'est vraiment possible qu'à partir du moment où les droits de chaque individu sont garantis. Que le verbe et la liberté de s'en servir sont la clef de la stabilité sociale.

C'est en Europe que des migrants comme moi font l'expérience de la parole sans qu'il y soit attaché de sanctions graves comme la mise au ban, la prison, les autodafés, les lectures interdites ou la décapitation. Chaque jour, je ressens l'effet des paroles. C'est parfois douloureux. Celles qui blessent, offensent, créent des malentendus, mais aussi éclaircissent, élucident, dévoilent. Pour les migrants des pays privés de liberté d'expression, il est difficile de s'en servir habilement. Difficile mais nécessaire.

Nous avons besoin des mots pour nous comprendre aujourd'hui. Nous avons besoin d'eux pour surmonter notre passé. De mots pour exprimer le conflit d'allégeance, ce sentiment de tiraillement, de déchirement, qu'implique l'expérience de tout exil. De mots pour décrire nos vues sur nos religions et notre culture.

Parce que je suis migrante en Europe, je suis à même de comparer la manière de vivre de mon pays d'origine et celle du pays où je suis. J'ai besoin de mots pour partager mes observations avec ceux qui connaissent les mêmes vicissitudes. Pour leur dire : Peut-être que les valeurs de nos parents, leur religion n'étaient pas aussi merveilleuses que nous l'avons toujours pensé.

Je l'ai déjà dit, ces derniers temps, il m'arrive régulièrement de me retrouver dans des situations où la vie semble se jouer de moi. Je suis née à l'hôpital Digfeer de Mogadiscio, qui depuis a subi de graves dégâts à cause de la guerre. Et je n'arrête pas de me poser la question, aujourd'hui encore : pour combien d'enfants nés là-bas en même temps que moi, les choses ont-elles bien tourné ?

8

La cage aux vierges [1]

La culture arabe est à plus d'un titre en retard sur l'Occident. Les perspectives d'amélioration existent, mais elles ont du mal à advenir. Les *Rapports arabes sur le développement humain* des Nations unies, établis par des scientifiques arabes [2], sont un premier pas dans la bonne direction. Ils ont été publiés en 2002 et en 2003; leurs auteurs ont touché du doigt l'essentiel. Ils concluent qu'il manque au monde arabe la liberté individuelle, la connaissance et les droits de la femme. La richesse est exclusivement fondée sur le pétrole. La croissance économique est la plus faible au monde (Afrique du Sud mise à part); l'analphabétisme est tenace et considérable. Pas plus de trois cents livres paraissent chaque année en traduction (contre cinq mille pour les seuls Pays-Bas) [3]. L'application des droits de l'homme pose les mêmes problèmes. Les autorités commettent des violences à l'égard des populations. Les gens sont opprimés et je pense que nulle part ailleurs la position de la femme n'est plus avilissante que dans le monde musulman. Les rapports des Nations unies indiquent que les femmes sont quasiment exclues de la vie publique et politique, que la législation en matière de mariage, de divorce, de succession et d'adultère est à leur extrême désavantage.

Dans une moindre mesure, la situation dans le monde islamique est reflétée par la position des immigrants musulmans [4] en Europe de l'Ouest, y compris aux Pays-Bas. Les musulmans émigrés ont amené leurs convictions avec eux. Il est remarquable de constater que les hommes musulmans sont surreprésentés dans les prisons et les femmes musulmanes parmi les victimes se retrouvant dans les centres d'accueil pour femmes maltraitées. Beaucoup de musulmans ont des difficultés à l'école et sur le marché du travail. Ils n'ont pas suffisamment recours aux possibilités d'enseignement qu'offre le cadre occidental et ne profitent pas assez des libertés garanties ici, si rares dans leur pays d'origine.

Qu'est-ce qui les entrave dans leur progression ? Pourquoi ne peuvent-ils pas combler le fossé qui les sépare de l'Occident et pourquoi ne parviennent-ils pas à jouer leur rôle au sein de la société occidentale ?

Selon certains spécialistes, le retard du monde islamique s'explique par différents facteurs, comme l'impérialisme occidental et de mauvaises conditions climatologiques. S'ajoute à cela que nombre d'États musulmans ont été fondés trop soudainement et de manière artificielle. Ils ont sombré dans la dictature. Ce sont les puissances occidentales qui ont placé et maintenu certains despotes.

L'historien Bernard Lewis donne une réfutation convaincante de cette thèse. Il relierait plutôt le retard généralisé des musulmans dans le monde à une sorte de sentiment de dépit nourri à l'égard des Occidentaux. Pendant des siècles, ils ont considéré ces derniers comme des imbéciles arriérés. Mais à partir du XIIe siècle l'Occident judéo-chrétien a non seulement rattrapé la civilisation islamique, mais il l'a même dépassée.

Des islamistes comme Sayyid Qutb et Hasan al-Banna, les fondateurs de l'islam radical, nous donnent une explication de l'intérieur. Selon eux, l'*umma*, la communauté, ne peut prospérer que si elle se tient à la lettre du Coran et du *hadith* (la tradition relative au prophète Mahomet). Ils pensent que les musulmans ont délaissé le droit chemin tracé par Mahomet, se rendant responsables de leur propre misère. Cette position est passée à l'épreuve des faits par ses partisans dans différents pays, qui, en instituant des régimes fondamentalistes, prétendent se tenir à la lettre de la tradition islamique. Vu que ces régimes, en Iran et en Arabie saoudite, sont proches de l'implosion et qu'en Afghanistan le régime taliban appuyé par Ben Laden a été renversé, on doit considérer que cette théorie est réfutée. La politique qui suit l'islam à la lettre a échoué dramatiquement. Et l'islam ne dispose pas de modèle politique convaincant et applicable. Mais je dois donner raison aux islamistes sur un point : la très grande majorité des musulmans ne parvient pas à vivre en fidèles puritains suivant à la lettre toutes les prescriptions et proscriptions d'Allah.

Les problèmes – agressions, stagnation économique et scientifique, oppression, épidémies et malaise social – auxquels sont confrontés la plupart des un milliard deux cents millions de musulmans dans le monde, dispersés sur les cinq continents, ne s'expliquent pas par un ou deux facteurs. Si l'on cherche une explication précise, on la trouvera dans une combinaison d'éléments qui divergent selon l'époque et la région. À mes yeux, un de ceux-ci ne revient pas suffisamment dans la littérature qui leur est consacrée. C'est la morale sexuelle de l'islam [5]. Morale propre aux sociétés tribales prémodernes, mais sacralisée par le Coran et développée dans la tradition orale relative au Prophète. Chez de nombreux musulmans, elle s'exprime dans l'obsession de l'hymen des filles [6]. On y accorde une telle importance qu'on ne voit pas les catastrophes humaines qu'entraîne cette obsession.

« Une fille dont l'hymen est déchiré, c'est comme un objet usagé », a-t-on coutume de dire aux jeunes musulmanes. Donc, un objet à usage unique. Une fille qui a perdu son « opercule de fraîcheur » ne trouvera personne avec qui se marier et sera condamnée à passer le restant de ses jours dans la maison parentale. De plus, comme la défloration se sera faite hors mariage, elle aura déshonoré sa famille au moins jusqu'au dixième rang de parenté. La jeune fille sera d'ailleurs punie par sa famille ; elle sera sermonnée, proscrite ou enfermée. Elle sera mariée de force avec l'homme responsable de son dépucelage, ou avec un étranger assez généreux pour dissimuler la « honte » de la famille [7]. Ces « hommes généreux » sont en général pauvres d'esprit, vieux, impuissants. Dans le pire des cas, on la tue. Les Nations unies signalent chaque année cinq mille filles tuées pour cette raison dans les pays islamiques, dont la Jordanie, pays prétendument libéral [8].

Pour éviter ce sort cruel, les familles musulmanes font tout pour garder intacte la virginité de leur fille jusqu'au mariage. Les méthodes employées diffèrent selon le pays, les conditions dans lesquelles on vit et les moyens dont on dispose. Mais, partout, les mesures de conservation des hymens s'appliquent aux filles qui en sont les détentrices et non aux hommes susceptibles de les déchirer.

Concernant leur sexualité, dans la culture islamique, les hommes sont considérés comme des bêtes, effrayantes et irresponsables, qui à la vue d'une femme perdent aussitôt tout contrôle. Ce qui me fait penser à ce que j'ai vu, toute petite encore. Ma mère avait un bouc. Nous jouions devant la maison et le soir, avant qu'il ne fasse sombre, toutes les chèvres du coin rentraient en file indienne, c'était un spectacle attendrissant. Mais dès que le bouc les apercevait, il leur fonçait dessus et montait la première qu'il pouvait prendre. Pour notre regard d'enfant, ce n'était pas du tout gentil. Nous demandions à ma grand-mère : « Qu'est-ce qu'il fait ? » Elle répondait qu'elle n'y pouvait rien. Si les voisins ne voulaient pas que leurs chèvres soient saillies, ils n'avaient qu'à les faire passer par un autre chemin.

Dans l'islam, l'homme est représenté comme ce bouc. S'il voit une femme découverte, il lui saute dessus. Les hommes musulmans n'ont aucune raison d'apprendre à se maîtriser. Ils n'en ont pas besoin. Ils ne sont donc pas éduqués dans le domaine sexuel. Et la morale sexuelle est entièrement tournée vers les femmes.

Dès leur plus jeune âge, les filles sont entourées de méfiance. Elles apprennent très vite qu'elles sont des êtres en qui on ne peut pas se fier et qui peuvent former un danger pour le clan. Quelque chose en elles rend les hommes fous. L'an dernier, j'ai rencontré dans une école islamique Ahmed, un père qui m'a dit avoir été par le passé musulman non pratiquant. Il buvait, avait des relations hors mariage et ne suivait guère les piliers de l'islam. Depuis quelques années, il était repenti, pour reprendre ses propres termes. Il lisait le Coran et entendait donner à sa fille une éducation islamique. Je lui ai demandé pourquoi sa fille de sept ans devait se promener voilée.

– Je connais l'islam, lui ai-je dit, le voile n'est nécessaire qu'à la puberté de la fille.

– Oui, m'a-t-il répondu, mais il faut qu'elle prenne l'habitude de le porter, pour que bientôt elle ne s'en aperçoive plus.

Il m'a expliqué les règles de l'islam concernant le voile.

– Ici, aux Pays-Bas, l'été, les femmes sont presque nues. Ainsi il arrive des accidents.

L'été d'avant, Ahmed avait assisté à une collision entre camions.

– Le chauffeur qui avait provoqué le choc ne regardait pas devant lui ; il regardait les jambes nues d'une belle femme qui passait.

C'est pour cela que les filles doivent se couvrir et se rendre invisibles. C'est pour cela qu'elles se sentent en permanence coupables et honteuses, car il est presque impossible de vivre normalement en se rendant invisibles aux hommes. Elles pensent sans cesse qu'elles font quelque chose de répréhensible. Cela entrave la liberté de mouvements, mais aussi la liberté intérieure. Un jour, ma tante a mis un peu de graisse de mouton au soleil. Des colonnes de fourmis et des essaims de mouches se sont précipités dessus. Ma tante a dit : « Les hommes sont comme ces fourmis et ces mouches. Quand ils voient une femme, ils ne peuvent pas résister à leur instinct. » Je voyais le bout de gras fondre sous les assauts des fourmis et des mouches. À la fin, il ne restait plus qu'une petite tache. Mais la tache ne s'était pas imprimée que sur le sol...

La virginité des femmes est protégée de différentes manières. L'une d'elles consiste à les garder à la maison à partir de la puberté. Pour garantir leur virginité, des millions de femmes musulmanes sont condamnées aux tâches ménagères et à l'ennui éternel. Si une fille est vraiment obligée de sortir, cela n'est toléré que si elle se couvre la tête et s'habille d'un vêtement qui la protège entièrement. Qui signale aux hommes qu'elle n'est pas disponible sexuellement [9].

Une autre méthode pour protéger les hymens consiste à séparer à l'intérieur de la maison hommes et femmes qui ne sont pas apparentés au premier degré. Un moyen d'exacerber la réclusion. Pratiqué avec la plus grande conséquence en Arabie saoudite, le pays le plus important pour l'islam, puisqu'on y trouve les deux maisons sacrées d'Allah (La Mecque et Médine).

La manière la plus extrême de garantir la virginité est d'amputer le clitoris, les petites et grandes lèvres de la fille et de racler les parois vaginales avec un objet coupant. Éclat de verre, lame de rasoir ou couteau à éplucher les pommes de terre. Ensuite, les jambes sont attachées ensemble de sorte que les parois vaginales se collent l'une à l'autre. Voilà ce qui se produit dans plus de trente pays, dont l'Égypte, la Somalie et le Soudan. Certes, cela n'est pas prescrit dans le Coran, mais cette coutume, tribale à l'origine, est devenue quasiment une obligation religieuse. Ses partisans arguent que l'excision des filles existait déjà du temps de Mahomet et que le Prophète ne l'a pas formellement interdite. Cette « infibulation » (littéralement « fermeture par agrafe ») ou suture offre une garantie supplémentaire par rapport aux regards vigilants des mères, tantes, grand-mères et autres gardiennes.

La méfiance à l'égard des femmes atteint des sommets pendant la nuit de noces. C'est là que se produit l'épreuve décisive. La mariée est-elle encore vierge ou non ? À cause de la ségrégation des sexes qui proscrit les femmes de la vie publique, l'homme n'a eu l'occasion de faire connaissance avec aucune femme dont il aurait pu tomber amoureux. Il a laissé la sélection de sa conjointe à sa famille, car elle seule sait où trouver une véritable vierge. Souvent, les nouveaux conjoints ne se connaissent pas. Ils doivent avoir un rapport sexuel pendant la nuit de noces. Même si la fille ne veut pas et que son corps se ferme par peur ou par dégoût, elle n'a pas le choix. Pas plus que le mari, qui doit montrer qu'il est un homme, qu'il en est capable. Dehors, les convives attendent qu'on leur montre le drap taché de sang. Cette relation sexuelle forcée est donc en fait une forme de viol approuvé. Une négation grossière de la dignité des individus.

Le mariage n'est jamais chose facile, mais le mariage musulman est placé dès le début sous le signe de la méfiance, suivie d'un acte de violence. C'est dans ce scénario de méfiance et de violence que la génération suivante d'enfants est conçue.

De nombreuses filles musulmanes vivant dans les pays occidentaux ont développé tout un arsenal de ruses pour connaître les joies du sexe avant le mariage tout en tenant compte de l'obsession hyménale de leur famille. En mettant des objets dans leur sexe, par exemple, qui, la fameuse nuit, provoquent un saignement de circonstance. Pour les filles des familles rigoristes qui opèrent des contrôles sévères, il y a en Occident la possibilité de refaire son hymen. Aux Pays-Bas, il y a encore peu de temps, c'était remboursé par la Sécurité sociale. Si on appartient à une culture de l'excision et qu'on a connu le sexe avant le mariage, on se fait suturer à nouveau après la demande en mariage. Une femme somalienne en Europe fera refaire ses sutures vaginales chez un gynécologue soudanais en Italie; une Soudanaise ira voir un Somalien dans le même pays... Ces adresses-là sont connues.

La méfiance se poursuit pendant le mariage. Dès que l'épousée est déflorée, la peur du conjoint se met à grandir hors de toutes proportions. Il vient en effet de faire sauter son unique moyen de contrôle. La seule manière d'éviter qu'elle ne le trompe, c'est de lui refuser autant que possible l'accès au monde extérieur. Pour chacun de ses pas hors de la maison, elle doit obtenir son accord ou son escorte. Une autorité qu'il tient d'Allah [10].

Une bonne épouse obéit à son mari, est serviable [11].

À la suite du grand et honoré calife Umar al-Khattab, qui chez les sunnites a un statut quasiment comparable à celui du prophète Mahomet, on donne trois cents coups à une femme si quatre musulmans croyants témoignent contre elle en affirmant qu'elle ment. Heureusement, la peine est étalée sur trois jours, ce qui limite les plaies.

Mais les femmes musulmanes ont une parade. Les hommes n'ont pas le droit de coucher avec une femme qui a ses règles. C'est écrit dans le Coran, donc imparable. Si une musulmane n'a pas envie de coucher avec son mari et d'être enceinte pour la énième fois, elle dit à son mari qu'elle a ses règles et fait durer lesdites menstrues. C'est une excuse connue chez les musulmanes, comme la migraine chez les femmes occidentales. Il y a même des femmes qui avortent à l'insu de leur mari. Tout cela signifie que l'on ment en permanence sur les choses les plus intimes. Une stratégie de survie transformée en mode de vie. Si un homme découvre le mensonge de sa femme, il sera confirmé dans l'idée qu'elle est aussi démoniaque qu'il l'a toujours pensé.

Les enfants voient tous les jours mentir leur mère. Si par exemple elle avouait être sortie seule de la maison, sa belle-mère et son mari se mettraient en colère. On ment et on nie. Avouer fait perdre la face, et peut déclencher des violences. Dans beaucoup de familles, les enfants n'ont pas d'argent de poche. Un garçon qui prend quelque chose dans la tirelire du foyer n'avouera pas si on l'interroge. S'il le fait, on l'humilie et on l'injurie. Tant qu'il niera, son honneur sera sauf. Et tant qu'il niera, son père pourra aussi nier face au monde extérieur. Les enfants apprennent de leur mère que pour éviter les punitions il faut raconter des histoires. Donc, le mensonge paye.

La « cage aux vierges » n'a pas seulement des conséquences pour les femmes, elle en a aussi pour les hommes et les enfants. C'est une double cage que celle-là : dans la cage intérieure sont enfermées femmes et filles. Et par-dessus cette cage féminine, il y en a une autre, plus grande, dans laquelle est enfermée toute la culture islamique. La mise en cage des femmes pour maintenir leur virginité apporte non seulement frustration et violence pour les individus concernés, mais aussi un retard social pour toute la collectivité.

En excluant la plupart des femmes du monde islamique de l'enseignement, on les maintient à dessein dans un état de bêtise. Or, elles ne se contentent pas de mettre les enfants au monde, elles les éduquent. Leurs connaissances obtuses sont transmises telles quelles à leurs enfants, donc aussi aux hommes. C'est ainsi que naît un cercle vicieux d'ignorance, transmis de génération en génération.

En Occident, la plupart des mères musulmanes de la première génération n'ont souvent pas dépassé le niveau de l'école primaire ; certaines sont analphabètes. Si les enfants ont de la chance, ils auront plus tard accès à l'enseignement, mais tant que cette morale sexuelle prévaudra, les progrès socio-économiques seront difficiles, voire impossibles.

Pour de nombreux musulmans, la morale sexuelle de l'islam a des conséquences encore plus profondes. Plus d'une femme ne peut exprimer à son mari la haine qu'elle ressent à son endroit et la dirige alors contre ses enfants. Cela ne vaut évidemment pas pour toutes les femmes ; il en est aussi pour qui les enfants sont une source de consolation. Mais la relation parents-enfants n'est à peu près jamais ce qu'elle est ordinairement dans une société individualisée comme celle des Pays-Bas [12].

Il y a une grande tension entre les exigences sévères, inhumaines que l'islam impose à ses fidèles et leur capacité à les suivre.

Dans le Coran, des valeurs telles que la confiance, la vérité et la connaissance sont tenues en haute estime. Nous avons déjà vu une fraction de ce que la confiance et la vérité deviennent dans la pratique quotidienne... Elles sont malmenées : méfiance et mensonge sont les maîtres.

Pour pouvoir relativiser la morale sexuelle sévère prescrite par l'islam, il est nécessaire d'étudier et d'analyser ses conséquences pratiques. Il faut décrire et expliquer de manière objective et critique les relations entre les sexes. Et, sur la base des résultats, faire des propositions pour changer la manière dont les hommes et les femmes vivent ensemble.

Les *Rapports arabes sur le développement humain* montrent que la collecte systématique des connaissances n'est pas le point fort des pays arabo-islamiques. D'après le Coran, les fidèles doivent en permanence aspirer à la connaissance, mais c'est le même Coran qui dit qu'Allah sait tout et que la source de toute connaissance est... le Coran ! Il est impossible de concilier ces deux exigences. Ainsi, les leçons de biologie et d'histoire peuvent être source de grande confusion pour les enfants. En effet, l'histoire commence avant le Coran et la théorie de l'évolution est en opposition avec le récit de la création proposé par celui-ci. La plupart des docteurs de la Loi indiquent aux musulmans confrontés à cet étrange état de fait que la « recherche de la connaissance » prônée dans le Coran signifie qu'ils doivent le lire sans arrêt jusqu'à ce que les portes de la connaissance s'ouvrent d'elles-mêmes.

Les valeurs coraniques sont en fait inatteignables par l'homme. Si un garçon ou une fille veut satisfaire l'exigence d'entrer vierge dans le mariage, ses hormones lui inspireront tout de même des inclinations et des pensées contraires, donc pécheresses. Dès que l'on se rend compte que ces rigoureux préceptes sont impossibles à mettre en pratique, il naît un doute. Et il est interdit de douter du Coran comme de la *sunna* – ensemble des traditions relatives à la vie de Mahomet. Car la vie de ce dernier a été exemplaire. Le doute est aussitôt puni, si ce n'est par l'environnement social, en tout cas par Allah. Mais sans le doute, sans une attitude intellectuelle, l'être humain ne peut acquérir de connaissances. Donc les adeptes de l'islam qui prennent leur foi au sérieux sont pris dans un dilemme.

Cette impasse intime trouble souvent les hommes et les femmes musulmans. Une collectivité qui vit selon les préceptes de Mahomet et du Coran devient inévitablement pathologique. Beaucoup de musulmans cherchent la cause de leur misère non à l'intérieur de leur propre collectivité, ni dans la morale sexuelle que leur impose leur religion, mais toujours au-dehors : c'est Allah, le diable ou les circonstances qui sont responsables.

Rendre responsables les juifs, les Américains et le colonialisme sont des dénégations bien connues ; leurs auteurs ne discernent pas que la cause principale de leur misère est dans leur aspiration à vivre en suivant leur livre sacré. Si malgré tout cela beaucoup de musulmans vont bien, c'est parce qu'ils ont trouvé une parade. « Je ne vais surtout pas demander à ma femme si elle est vierge. Je ne veux pas le savoir. Je laisse cela à Allah. » C'est ainsi qu'ils survivent.

Le seul espoir des musulmans est qu'ils se mettent à avoir une attitude critique vis-à-vis d'eux-mêmes et des valeurs morales qu'ils ont empruntées au Coran. C'est le seul moyen pour eux de sortir de la cage où ils tiennent enfermées leurs femmes. Les quinze millions de musulmans de l'Occident sont les mieux à même de réaliser cet espoir.

En premier lieu parce que dans les pays occidentaux on parle de droits civiques et de libertés, en particulier d'expression. Un musulman qui examine les fondements de sa foi en Europe n'a pas à craindre de peine de prison ou, comme dans les pays arabo-islamiques, de peine de mort prononcée par l'État.

Ni putes ni soumises, le collectif français de femmes musulmanes qui se rebellent contre les viols perpétrés en groupe par leurs coreligionnaires fait usage de sa liberté d'expression. La pionnière de ce mouvement, Samira Bellil, avait elle-même subi ce type de viol. De telles manifestations seraient quasiment impossibles dans quelque pays musulman que ce soit.

Autre exemple : *Bas les voiles !*, le pamphlet de l'écrivain iranienne Chahdortt Djavann. Impossible en Iran, où le voile est obligatoire.

Quelques penseurs et écrivains d'origine islamique utilisent déjà la marge de manœuvre qui leur est donnée en Occident. Citons aux Pays-Bas le romancier Hafid Bouazza[13] et le philosophe Afshin Ellian. Leurs œuvres seront peut-être un jour traduites en arabe et en persan, mais pour l'instant elles sont interdites dans la plupart des pays islamiques. Le philosophe d'origine pakistanaise Ibn Warraq, auteur de l'essai intitulé *Pourquoi je ne suis pas musulman*, est celui qui a le plus exactement mis le doigt là où ça fait mal. Le fait que cet homme courageux écrive sous un pseudonyme montre qu'il ne se sent pas en sécurité, même en Occident.

En deuxième lieu, les musulmans vivant en Occident ont plus facilement accès à l'information. Ils peuvent accumuler des connaissances par le biais des bibliothèques, des universités et des citoyens. De surcroît, il y a une longue tradition occidentale de critique de la religion.

En dernier lieu, avec les États-Unis, les États occidentaux font la guerre au terrorisme islamiste. Paradoxalement, les attentats du 11 Septembre 2001 ont mené involontairement à une énorme fascination pour l'islam. Cette fascination – provenant en partie de l'instinct de conservation de l'Occident – donne aux musulmans d'Occident une occasion toute trouvée pour sortir de leur cage mentale.

Malgré les circonstances favorables, les musulmans d'Occident restent hélas davantage influencés par le fonds de pensée islamique conservateur que par les idées de penseurs libéraux tels que la sociologue Fatima Mernissi.

Bien entendu, je me rends bien compte que les quinze millions de musulmans d'Occident ne sont pas à la recherche d'une attitude critique à l'égard du Prophète et que certains d'entre eux passeront aux menaces et à l'intimidation. Plus grave, nombre de femmes se révolteront contre le changement en portant ostensiblement le voile. Pensez à toutes ces femmes qui disent qu'elles ne portaient pas le voile en Turquie mais qu'elles se sont mises à le porter aux Pays-Bas. La confrontation permanente avec ces témoignages démoralisera les musulmans européens progressistes.

En Occident, on peut discerner trois sortes de musulmans.

Premièrement une minorité silencieuse qui ne vit peut-être plus du tout selon les préceptes de l'islam et sait parfaitement que l'avenir est dans l'individualisme. Ils prennent sans le dire leurs distances vis-à-vis de l'islam. Ils travaillent et, s'ils peuvent se le permettre, ils vont vivre dans de meilleurs quartiers, envoient leurs enfants à l'université et ne se mêlent pas de la controverse actuelle en Occident sur l'islam.

Le deuxième groupe se sent profondément blessé par la critique extérieure de sa foi et la prend comme une accusation personnelle. Ils ont appris durant des générations que s'ils avaient des problèmes la faute était extérieure à eux.

Enfin, il y a les musulmans progressistes. Groupe composé d'individus qui disent : « Regardons-nous et essayons de trouver ce qui ne va pas. » Eux pourraient démantibuler la cage pièce par pièce et permettre ainsi à un plus grand nombre de s'en échapper. Mon espoir et mon rêve qu'il se produise une chose pareille en Occident sont mis à mal par les réactions violentes et négatives des Occidentaux laïcs. Ces quelques musulmans éclairés sont contrecarrés par les tenants occidentaux du relativisme culturel et leurs officines antiracistes qui disent : « Si vous critiquez l'islam, vous offensez ces gens, donc vous êtes raciste, islamophobe ou un intégriste des Lumières. » ou encore : « Cela fait partie de leur culture, on ne peut pas le leur enlever. » Ainsi, la cage reste debout. Un pacte démoniaque a été signé entre Occidentaux vivant de la défense des intérêts d'autrui, de l'aide aux plus démunis et de l'aide au développement et musulmans ayant intérêt à maintenir la cage – intérêt à court terme, étroit et égoïste.

Il y a cinq ans de cela, j'étais encore dans la catégorie silencieuse. Je pensais : nous vivons maintenant dans un pays libre. Si tu es une femme battue et que tu te laisses faire, c'est toi qui es responsable de ton propre malheur. Si j'étais toi, je m'en irais. Quant à moi, je ne chercherais pas à refaire ma virginité. Je vois maintenant les choses autrement. J'observe l'importance de l'éducation, parce que c'est le début de la vie et que c'est là que se construit la cage dans la culture islamique. Nombre de filles sont éduquées, suivant le Coran et l'exemple du prophète Mahomet, pour mener une vie soumise, assujettie. Il leur est très difficile de s'en libérer plus tard. Tout musulman est censé se soumettre à la volonté d'Allah ; mais ce sont les femmes et les filles qui doivent aller le plus loin dans la soumission. À présent, je me rends compte que cette éducation a une telle influence sur elles qu'elles ne pourront plus jamais sortir de la cage. Elles se sont approprié leur oppression et ne la vivent donc plus comme une oppression extérieure mais comme un bouclier intérieur qui les rend fortes. Les femmes qui maîtrisent les stratégies de survie en tirent de la fierté.

Les femmes du mouvement turc Milli Görüs à qui j'ai rendu visite étaient bruyamment sûres d'elles, presque agressives. Elles défendaient rageusement leur propre oppression : « Je veux porter le voile, je veux obéir à mon mari. » J'ai aussi rencontré des Marocaines qui disent : « Je veux porter le voile, parce que Allah le Très-Haut l'a dit. – Bon, ai-je répondu, si tu veux faire tout ce qu'a dit Allah le Très-Haut, eh bien, reste dans ta cage. » Ce comportement est comparable au syndrome de Stockholm, qui fait aimer aux otages leurs ravisseurs et noue entre eux une relation profonde et intime, mais folle. Comparable aussi aux esclaves qui préfèrent la sécurité de l'esclavage aux incertitudes de la liberté.

En attendant, ils sont nombreux à attendre les Lumières de l'islam. Mais cela ne viendra pas tout seul. C'est pourquoi la manière dont les musulmans considèrent l'islam doit changer. Ils doivent apprendre à repenser la manière dont ils pratiquent leur foi, repenser leur vie, le sens qu'ils donnent aux choses et repenser leur morale sexuelle. Les quelques musulmans qui ont conquis leur individualité peuvent tendre un miroir à la communauté d'où ils viennent. Un miroir qui les confronte à leur individualité pas encore mûre. Au « moi » toujours opprimé et réfréné par les dogmes, les prescriptions et l'étouffante culture de ragots qui règne dans la plupart des communautés islamiques. L'émancipation ne consiste pas à libérer ou protéger les croyants de puissances maléfiques extérieures – comme le colonialisme, le capitalisme, les juifs et les Américains – mais à libérer l'individu de la communauté même des croyants. Pour s'émanciper en tant qu'individu, il faudra d'abord que l'homme ou la femme voie autrement la sexualité.

Quelle est la meilleure manière pour la culture islamique de se libérer de son passéisme ? En arrêtant de faire porter la faute à d'autres et en changeant de mode de pensée. La morale sexuelle régnante doit être décrite en détail. Ensuite, il faut étudier la relation entre la morale prescrite et sa mise en pratique. Combien d'êtres humains parviennent-ils à satisfaire à la norme voulue par Allah selon laquelle il faut entrer vierge et pure dans le mariage ? Nous connaissons les règles entre partenaires telles qu'elles sont précisément prescrites dans le Coran et les traditions relatives au prophète Mahomet. Mais comment hommes et femmes en usent-ils ensemble dans la réalité ? Dans quelle mesure la violence domestique et la violence contre les femmes sont-elles des conséquences involontaires de cette aspiration à un idéal inatteignable, visant à obtenir une place au soleil dans l'au-delà ? La surpopulation des pays islamiques est-elle une conséquence directe de la morale sexuelle en vigueur ? Et cela vaut-il aussi pour le tabou qui pèse dans ces pays sur les maladies sexuellement transmissibles, en particulier le sida ? Et pour l'augmentation des chiffres d'avortement en Occident ?

Au lieu de mettre tout son argent et toute son énergie dans une bombe atomique encore plus puissante – comme le Pakistan et l'Iran – le monde islamique ferait mieux d'examiner de manière critique sa propre morale sexuelle et le rôle étouffant de sa société. De faire des propositions de changement.

Il est donc nécessaire de mener une recherche scientifique. Pour faire changer d'attitude de larges groupes humains, il est essentiel d'avoir des incitations culturelles audacieuses. Presque tous les livres écrits par des musulmans sur l'islam sont des manuels et des guides de conduite du musulman selon les préceptes du Coran et du *hadith*. Considérations théologiques bien peu créatives. À côté de cela, bien sûr, il y a des romans d'amour et des romans policiers. Mais le rôle de l'islam et du Prophète est scrupuleusement évité. Le discours moral sous-jacent est qu'il vaut mieux suivre les préceptes de l'islam si l'on veut éviter que tout aille de travers. La plupart des séries télévisées qui inondent aujourd'hui le monde par satellite n'ont pas seulement en commun d'être mal jouées, mais aussi que les relations entre les protagonistes suivent un modèle fixe, conforme à la morale sexuelle islamique. Le message est que si un garçon et une fille se choisissent parce qu'ils sont amoureux, ça ne peut que mal finir. S'ils s'unissent parce que leurs familles les ont unis, tout ira bien et leur bonheur connaîtra un sommet dans une noce étincelante d'ors et de larmes de bonheur.

Ce dont la culture musulmane a besoin, c'est de livres, de séries, de poésies et de chansons qui montrent ce qui se passe vraiment et se moquent des préceptes de la religion tels qu'ils sont donnés dans *Morals en Manners in Islam* ou *L'Éducation des enfants dans l'islam*. Le livre *A Glimpse into Hell* (L'enfer entrevu), qui montre ce qui nous attend dans l'au-delà, ferait un film parodique fantastique. Dès qu'il y aura une *Vie de Brian* avec Mahomet dans le rôle principal, mise en scène par un Theo Van Gogh arabe, nous aurons fait un grand pas. Où se trouve le *Like a Prayer* de la Madonna marocaine ? Peut-on imaginer dans le monde islamique un réalisateur comme David Potter qui fasse un film où le rouge à lèvres d'une femme arabe arrive sur le col d'un général iranien ?

Si la satire est désespérément nécessaire, il faut aller plus loin encore. Je veux Mahomet avec ses neuf femmes dans un film proche de *Ben Hur*. Les poètes arabes pensent souvent être bien meilleurs que Shakespeare. Mais où se cache le *Roméo et Juliette* islamique ?

Ce sont les quinze millions de musulmans d'Occident qui sont les plus à même de faire cette mutation culturelle. Ce qui ne veut pas dire qu'en Turquie, au Maroc, en Indonésie et dans d'autres pays, on ne puisse pas faire de nombreuses avancées. Les partisans de la modernisation de l'islam rencontreront évidemment de grandes résistances. Il faudra qu'ils s'aguerrissent. Elles viendront des frères et sœurs musulmans qui voudraient passer encore quelques siècles à croupir dans la cage aux vierges. Et, pour les autochtones occidentaux, voici une tâche d'importance. Ne pas se laisser séduire en prenant sous leur aile les musulmans « offensés ». C'est dans l'intérêt du monde islamique et dans celui du monde occidental de promouvoir une florissante culture de la critique au sein des musulmans. Ce monde connaît une crise majeure qui menace aussi l'Occident. Pas seulement à cause du terrorisme, aussi à cause des flux migratoires et du risque de guerres civiles au Moyen-Orient, qui est la principale source de pétrole de l'Occident. Cette menace peut être annihilée si le monde musulman fait de l'intérieur sa réforme culturelle, avec l'aide de l'Occident. La réforme du monde islamique est dans l'intérêt des deux parties.

9

Quatre exemples de pratiques islamiques somaliennes [1]

En 1992, j'ai été mariée par mon père à un membre de mon clan vivant au Canada. J'avais beau m'insurger contre ce projet, il restait inébranlable. Sur le chemin du Canada, en Allemagne, j'ai entrevu une chance de fuir ma famille en me réfugiant aux Pays-Bas. Je me suis retrouvée au centre d'hébergement de Zeewolde. J'étais la seule à pouvoir faire en anglais le récit de ma fuite. Deux filles somaliennes venues s'installer dans le même bungalow que moi m'ont demandé de les accompagner au centre d'aide aux réfugiés pour que je traduise leur histoire. Rapidement, je les ai accompagnées partout. Comme elles avaient des poux, nous avons dû aller au centre médical. Puis au service des étrangers de la police. Au bureau de l'aide juridique. Chez les travailleurs sociaux. D'autres demandeurs d'asile somaliens me rencontrèrent. Au bout d'un moment, les travailleurs sociaux m'ont conseillé de faire ce travail d'interprétariat à titre professionnel – je le faisais pour rien, alors que les interprètes professionnels gagnaient beaucoup d'argent. Au début, mon néerlandais n'était pas assez bon. Je traduisais du somalien en anglais.

Ce qui n'était pas payé. Les travailleurs sociaux ont résolu le problème : « Commence en néerlandais et, si tu n'y arrives pas, nous passerons à l'anglais. »

En 1993, j'ai quitté le centre d'hébergement et fait acte de candidature au centre d'interprètes des Pays-Bas. Malgré mes bons résultats aux tests, ils voulaient reprendre contact avec moi quand j'aurais vécu trois ans aux Pays-Bas. Lorsque j'eus remarqué qu'il arrivait toujours plus de Somaliens dans ce pays, je me suis adressée aux services d'immigration et de naturalisation. Là, on m'a mise sur la liste des interprètes que l'on pouvait appeler au téléphone en cas de besoin. J'ai été interprète de 1995 à 2001. Dans des dizaines et des dizaines de cas, il s'agissait d'hommes et de femmes infectés par le virus du sida, la syphilis, la blennorragie, les chlamydias, ou de femmes tombées enceintes sans le désirer. Parmi les nouveaux arrivants des pays du tiers-monde où pèse un lourd tabou sur la sexualité, il se produit bien plus de grossesses non désirées que dans des sociétés aux conceptions sexuelles plus libres comme les Pays-Bas.

Voici quatre histoires tirées de ma pratique d'interprète.

« Je ne suis pas enceinte, je suis vierge »

Une Somalienne de dix-neuf ans arrive au centre médical dans le centre d'hébergement de 's-Gravendeel. L'un des médecins analyse son urine, révélant qu'elle est enceinte. Le médecin veut le lui annoncer, il me demande de faire l'interprète au téléphone.

La fille est épouvantée. Je l'entends pleurer au téléphone, je me rends bien compte qu'elle n'arrive pas à parler. Elle est désespérée.

Elle finit par me dire : « Ce n'est pas possible, je suis vierge, je ne suis pas enceinte. » Elle s'obstine à nier. Elle dit qu'elle peut prouver qu'elle est vierge : « Je suis suturée. » Elle ne saurait l'avoir fait avec un garçon, puisque sa suture est intacte.

Le médecin tente de la calmer et lui promet qu'il refera un examen d'urine.

Un peu plus tard, nouveau coup de fil. Même histoire. Le médecin explique à la fille qu'il a réexaminé ses urines et qu'elle est vraiment enceinte. Il lui demande si elle a reçu une éducation sexuelle.

Elle explique qu'elle vit aux Pays-Bas depuis un mois. Un garçon qui est là depuis beaucoup plus longtemps l'a aidée dans toutes ses démarches. L'a accompagnée chaque fois qu'elle allait chez son avocat. Un jour, il l'a invitée chez lui, à Dordrecht, avec deux amies somaliennes. A essayé de la séduire. L'a amenée dans sa chambre, laissant les deux autres dans le séjour. Voulait coucher avec elle, l'a déshabillée. Lui promettant qu'il ne la déflorerait pas. N'arrêtait pas de dire que lui l'avait aidée et qu'elle lui devait bien ça.

Le médecin doit lui tirer les vers du nez. Le garçon ne l'a pas pénétrée, il s'est contenté de se frotter sur elle. A joui sur elle, et laissé la suture intacte. Dans la manière dont elle voit les choses comme dans la sienne à lui, elle est restée vierge.

Le médecin lui explique comment on tombe enceinte, qu'il faut un homme et une femme. Que certaines femmes sont plus fécondes que d'autres, qu'il y a des moments plus ou moins fertiles dans le cycle. Elle a eu la malchance d'avoir été très fertile à ce moment-là, et d'être tombée enceinte avec une seule goutte de sperme.

Ses réactions prouvent qu'elle ne sait rien des rapports sexuels et de la procréation.

Le médecin dit que plusieurs possibilités s'offrent à elle. Garder l'enfant, se faire avorter ou abandonner l'enfant pour adoption.

La fille est complètement désemparée. « Ça fait à peine un mois que je suis ici, s'écrie-t-elle, hystérique, je ne peux pas me le permettre. Ma famille a tellement mis d'argent de côté pour mon voyage ! Je les ai plongés dans le déshonneur. C'est impossible. Il faut que je me cache. »

Quand le médecin lui glisse qu'elle peut avorter, l'embryon est encore tout jeune, elle dit : « Non, non, maintenant, j'ai perdu les faveurs de mes parents, ce n'est pas pour perdre aussi les faveurs d'Allah en assassinant mon enfant. » Elle refuse catégoriquement l'avortement. Ce n'est pas discutable. « Je brûlerai en enfer. »

D'après l'islam, une grossesse hors mariage est certes un grand déshonneur pour la famille, mais aux yeux d'Allah on peut encore s'en sortir. Mais l'avortement est un péché mortel, sans rédemption !

Le médecin suggère qu'elle peut faire adopter l'enfant. Après quelques minutes de réflexion, elle rejette aussi cette possibilité. « J'ai commis une faute, c'est à moi d'en porter la responsabilité. »

Le médecin lui dit alors qu'elle doit venir régulièrement pour des contrôles et qu'elle peut se faire aider par un psychothérapeute. Quand il lui propose d'impliquer son amoureux dans cette histoire, elle est d'accord. D'où l'on peut conclure qu'elle aime bien ce garçon.

Cette jeune fille ne savait rien de rien ; elle n'avait pas reçu d'éducation sexuelle. Le sexe étant de toute façon interdit avant le mariage. Une telle éducation ne produit que de mauvaises expériences.

Ce tabou fait que les musulmans ignorent ce qu'est le sida et comment on est contaminé. Ils pensent que c'est une maladie que n'attrapent que les homosexuels, les chrétiens et les infidèles. Pas les musulmans, pas les Somaliens. J'ai été interprète pour des hommes qui avaient une vie sexuelle active et allaient fréquenter des prostituées. Quand il était prouvé qu'ils étaient infectés par le virus du sida, ils disaient : « Impossible. Je suis musulman. » Comme si le virus pouvait le savoir.

L'éducation des filles somaliennes a pour mot d'ordre : *tant que tu es suturée*. Le test a lieu pendant la nuit de noces. Si tu ne l'es plus, tu es une putain. L'infibulation n'est pas une pratique musulmane. Le prophète Mahomet a prescrit la circoncision des garçons, mais pas l'excision des filles. L'infibulation est préislamique, elle a été pour ainsi dire assimilée par l'islam avec le reste, comme l'arbre de Noël, préchrétien, par le christianisme. Les sages islamiques n'ont jamais rejeté cette pratique, parce que dans l'islam on considère comme particulièrement important que les filles se marient vierges. Quand ils ont rencontré cette habitude tribale de l'infibulation, ils ont dû penser quelque chose comme : « Voilà un bon moyen de garantir la virginité. C'est merveilleux ! » L'infibulation se pratique dans de nombreux pays musulmans africains, comme la Somalie, l'Érythrée, le Soudan, l'Égypte, mais aussi en Indonésie.

L'histoire d'Anab

Anab et Choukri sont deux mineures demandeuses d'asile. À leur arrivée, on leur demande si elles ont de la famille ici. Elle sont confiées à Saïd, leur demi-frère plus âgé, qui vit ici avec sa femme depuis cinq ans. Pas de tuteur officiel, mais De Opbouw, l'instance qui à l'époque était responsable de la tutelle des demandeurs d'asile mineurs non accompagnés, lui confère cette autorité, sous leur contrôle.

Saïd abuse longtemps des deux filles; plus longtemps et plus gravement encore d'Anab, qui est l'aînée. L'histoire sort quand la jeune Choukri va tout raconter à l'assistante sociale de De Opbouw. Qui porte plainte et fait agir la protection de l'enfance. Saïd, arrêté, se retrouve en prison.

Au bureau central de la police des mœurs à La Haye, je rencontre une sœur d'Anab et Choukri. Je suis là parce que je dois être l'interprète pour cette femme somalienne voilée et enceinte. Elle me salue et me demande aussitôt de quel clan je suis. Je réponds qu'en tant qu'interprète professionnelle je n'ai pas le droit de répondre à ce genre de questions. Mais comme je suis somalienne, elle voudrait bien le savoir, en raison des faits qui vont être évoqués. Je refuse de nouveau et lui explique que, de toute façon, je suis liée par le secret professionnel.

Elle raconte que ses deux sœurs, son demi-frère et elle sont tous de la même lignée patriarcale.

Qu'à l'intérieur de cette lignée, son demi-frère est donc considéré comme un frère de plein droit. La police lui demande toutes sortes de détails sur l'auteur des faits. Était-elle au courant des abus sexuels, a-t-il déjà abusé de femmes et de filles, suit-il toujours le même modèle, etc. ? Pendant une demi-heure, ensuite, elle expose combien sa famille est au-dessus de tout soupçon. Il n'y a que ce garçon ; de toute façon, il ne se produit jamais d'abus sexuels chez les Somaliens. En outre, elle veut qu'on enquête encore pour savoir si ça s'est vraiment passé. Cette femme est en plein désarroi et se demande comment elle peut redresser la situation.

J'apprends tout un tas de détails sur cette affaire : quand ça a commencé, comment, qui a porté plainte, et que cet homme ne s'était pas contenté de violer les deux filles, mais aussi régulièrement sa femme, qu'il maltraitait.

Environ une semaine plus tard, ma cousine Maryan vient s'installer chez moi. Elle me demande si pendant le week-end je ne veux pas venir la chercher à Utrecht. Elle va voir une amie qu'elle connaît à peu près depuis son arrivée aux Pays-Bas. Toutes deux étaient ensemble sous l'égide de De Opbouw; deux jeunes filles qui s'amusent comme des folles ensemble et portent de très hauts talons.

À Utrecht, je trouve un désordre incroyable. Toute la maison pue l'urine. Deux enfants âgés de un et deux ans environ dans des couches qui n'ont pas été changées depuis longtemps. Des couches sales partout dans la pièce. L'amie en question s'appelle Anab. Est-ce que nous voulons du thé ? Elle part à la cuisine et y reste un bon moment.

Alors que je suis là, sur le divan, avec Maryan et qu'Anab est en train de faire son thé, ma cousine me dit : « Tu vois toutes ces cassettes ? Ce sont des films porno. C'est le mari d'Anab qui les loue, il la force à les regarder. »

Je reconnais ces histoires-là : c'est la même Anab que précédemment. Pendant que son violeur est en prison, sa famille a fait en sorte qu'après les graves abus sexuels qu'elle a subis, elle soit mariée à un cousin, vu qu'elle n'était plus vierge. L'abus sexuel, « quelque chose qui n'arrive pas dans notre famille », a été enterré. Et le nom de la famille lavé de tout soupçon.

J'apprends encore qu'Anab a été mariée une fois qu'elle a eu dix-huit ans. À partir de cet âge-là, De Opbouw n'exerce plus de contrôle. Son cousin n'avait vraisemblablement pas réussi à trouver à se marier, ce devait être le seul moyen pour lui de prendre femme. La famille lui a dit : « On a une femme pour toi, tu peux l'avoir, mais tu dois te taire sur ce qui lui est arrivé. » Après avoir subi des abus sexuels pendant des années, Anab subit maintenant la même chose de la part du cousin à qui elle a été mariée de force.

Elle s'est enfuie un certain nombre de fois et, ensuite, ce sont les travailleurs sociaux qui l'ont sortie de chez elle. Mais elle revient toujours. Une voisine étant intervenue, elle est restée un temps dans un accueil pour femmes battues et maltraitées. Son mari est venu la rechercher. Saïd est en prison pour avoir abusé d'elle, mais son mari, qui a abusé d'elle aussi gravement, est libre de ses mouvements.

La famille de ces deux filles a payé grassement des passeurs pour que leurs enfants puissent aller à l'école aux Pays-Bas. Pleine d'espoir et d'optimisme ; et voilà comment ça finit. Involontairement.

L'histoire d'Anab montre qu'au nom du culte de la virginité, les filles sont sacrifiées à l'honneur de la famille. Si Anab est la dupe de ce mythe virginal, son mari et ses enfants en sont également victimes. Ce dernier lui fait subir des scènes incroyables. Que le mari justifie en racontant que, de toute façon, elle était déjà déflorée, donc c'était déjà une prostituée.

Sa sœur cadette Choukri s'est éclipsée définitivement. Elle s'est échappée et ne veut plus rien avoir à faire avec sa famille.

Une honnête femme au foyer

Dans les trente-cinq ans, deux enfants, enceinte du troisième. Le médecin lui explique qu'elle a subi un examen en raison de sa grossesse et, selon lui, il est important qu'il lui communique le résultat de l'analyse de sang. Elle a contracté le virus du sida, le VIH.

La femme, abasourdie : « Ce n'est pas vrai. J'ai mené une vie chaste, honnête. Je m'en suis tenue aux règles les plus strictes de l'islam, et à ma famille. Quand j'étais jeune, je n'ai même jamais regardé les garçons. Je n'ai jamais été seule avec un garçon. Il est exclu que j'aie une maladie sexuellement transmissible. »

Sur quoi le médecin lui répète que, malgré ça, elle est infectée par le VIH. Il lui demande : « Et la vie sexuelle de votre mari ? »

Il est très bon avec elle, il s'occupe parfaitement des enfants, il a une attitude responsable et il est d'une bonne famille. Il est impossible qu'il ait une telle maladie, répond-elle. D'ailleurs, les musulmans ne peuvent pas l'attraper. C'est une maladie réservée aux chrétiens, aux homosexuels. Ni elle ni son mari n'ont subi de transfusion.

Lorsqu'on examine son mari, lui aussi est infecté. Il est arrivé aux Pays-Bas avant elle. Elle est venue plus tard, dans le cadre du regroupement familial. Quand il était tout seul, il semble qu'il ait eu une vie sexuelle remplie ou qu'il soit allé régulièrement voir des prostituées.

« Après l'avortement, il faut que je sois vierge »

Un médecin m'appelle.

– J'ai ici une petite demandeuse d'asile mineure non accompagnée, une Somalienne, elle a quelque chose d'important à raconter, mais elle ne veut pas d'interprète. Nous sommes arrivés à la convaincre d'accepter au moins un interprète par téléphone. Est-ce que tu veux faire ça ?

Elle refuse l'interprète parce qu'elle a honte de raconter ses problèmes devant une autre Somalienne. Pour gagner sa confiance, je lui explique que je suis liée par le secret professionnel. Elle ne veut pas dire son nom. Elle a dix-sept ans et elle est combative. Quand je lui dis que je ne répéterai pas ce qu'elle va dire, elle répond :

– Il vaut mieux !

Elle dit au médecin :

– Je suis enceinte et je veux m'en débarrasser.

– Comment sais-tu que tu es enceinte ?

– J'ai acheté un test et il montre que je suis enceinte. Ce que je supposais, car je n'ai plus mes règles.

Le médecin lui répond qu'elle est encore mineure et qu'il ne peut pas l'envoyer comme ça dans un service d'avortement. La tutrice de De Opbouw doit d'abord être informée de sa décision.

– Non. Je ne veux pas qu'elle le sache.

Le médecin dit que, dans ce cas, il ne peut pas l'aider.

– D'accord. J'irai à Rotterdam. Il y a une Capverdienne qui fait ce genre de choses.

– Bon, d'accord, dit le médecin, qui a peur de ce qui pourrait arriver à Rotterdam, je veux bien t'aider, mais je veux qu'un interprète soit présent. Car c'est mon devoir de médecin de t'expliquer un certain nombre de choses.

Elle explique comment on considérerait sa grossesse dans sa communauté :

– S'ils s'en rendent compte, je serais rejetée.

Au centre d'hébergement, elle partage sa chambre avec deux autres Somaliennes. Pour éviter qu'elles soient au courant, elle veut que l'avortement se fasse le plus vite possible.

Elle accepte que je sois son interprète et, avec le médecin, nous allons la voir pour lui expliquer qu'on ne se fait pas avorter aussi rapidement aux Pays-Bas. Nous lui demandons de bien réfléchir pendant deux jours à toutes les questions qui lui sont posées : « Depuis combien de temps es-tu enceinte ? » ; « Est-ce que tu veux que le père soit impliqué ? » Elle doit laisser ses questions faire leur effet avant de prendre une décision. Il faut qu'elle soit sûre de vouloir un avortement.

Il se confirme qu'elle est déjà sûre d'elle. Je l'accompagne à la clinique de Leyde.

La salle d'attente est remplie de femmes allochtones. Sur les lits, dans les salles prévues pour se remettre de leurs émotions, il y a surtout des femmes turques et marocaines, mais aussi des Chinoises. On lui repose les mêmes questions et on lui accorde de nouveau un temps de réflexion. Impliquer le père ?

– Non, il avait promis de ne pas rentrer en moi et l'a fait quand même. Je ne vais pas le mêler à ça.

Elle exige que l'avortement ne rompe pas sa suture. Elle doit rester intacte. Après examen, le médecin lui affirme que ce n'est vraiment pas possible.

– Alors, je veux qu'on me recouse après l'avortement, dit-elle.

Après l'intervention, le médecin lui répète qu'il faut d'abord qu'elle se rétablisse et qu'ensuite, seulement, elle pourra revenir pour qu'on la referme. Ce qui ne s'est pas produit. Vraisemblablement, elle n'a pas été autorisée à revenir à la clinique pour se faire refermer.

Les médecins néerlandais n'ont pas à faire ce genre d'intervention !

Aux Pays-Bas, les services d'aide ne sont pas organisés pour faire face aux problèmes des musulmans. Ils contribuent involontairement à maintenir en place la cage aux vierges. Les psychologues sont à bon droit habitués à traiter leurs patients comme des individus. En tant qu'interprète, j'ai pu constater qu'ils faisaient de même avec les femmes musulmanes. Une question importante qui revenait toujours était : « Qu'est-ce que toi, tu veux ? »

Elles étaient très nombreuses à ne pas pouvoir y répondre. Elles restaient silencieuses et haussaient les épaules. Il finissait par sortir un timide : « Ce que veut mon mari » ou : « Suivre la volonté d'Allah » ; il y en avait même qui disaient : « Ce que vous voulez, vous. » Elles n'avaient jamais appris à affirmer un choix. « Qu'est-ce que tu veux pour tes enfants ? Quelle décision veux-tu prendre les concernant ? » Elles n'avaient pas appris ça non plus, elles ne savaient pas. Les travailleurs sociaux ne comprenaient pas, ils étaient troublés. Et frustrés. Ils n'avaient plus d'autre solution que de les renvoyer à d'autres instances.

Il est apparu dernièrement une branche dans les services d'aide, qui s'appelle bien-être interculturel ou partage interculturel, bref un nom aussi laid que cela. Les femmes musulmanes maltraitées y sont reçues à part, comme par exemple à l'hébergement Saadet de Rotterdam. Là-bas, on ne leur apprend pas à se défendre ou à devenir autonomes. – Non, pour elles, il faut une solution spécifique : mieux vaut une « médiation » entre la victime, sa famille et son mari. Une attitude élaborée sur les conseils d'innombrables associations communautaires d'allochtones (ethniques ou religieuses) subventionnées par les pouvoirs publics dont les porte-parole sont manifestement des hommes et des femmes qui ont intérêt à maintenir le *statu quo*...

10

Musulmanes, conquérez vos droits [1] !

Je suis née en Somalie, ai grandi dans une famille islamique. En tant que musulmane, j'ai été donnée en mariage à un cousin. À partir de là, j'étais censée couler une vie de mère au foyer recluse entre quatre murs. Je me suis enfuie et me suis retrouvée aux Pays-Bas. C'était il y a dix ans. Ici, j'ai pu faire des études et travailler. Et je peux exprimer mon opinion. Laquelle n'est pas toujours comprise. Mon attitude et mes déclarations jettent sur l'islam un jour défavorable. Je créerais une image de lui où tous les musulmans seraient « des imbéciles violents qui oppriment leurs femmes ». On me reproche aussi de faire le lit des populistes et des racistes qui vont détourner mon point de vue pour opprimer les musulmans. Je veux donc expliquer pourquoi je critique le traitement fait aux femmes dans la communauté musulmane. Je distinguerai quatre raisons à cela.

Grâce à ma connaissance de la religion islamique et à l'expérience que j'en ai, j'espère contribuer à arrêter le traitement indigne d'êtres humains que subissent femmes et filles musulmanes. Je crois passionnément à l'universalité des droits de l'homme. En tant que membre d'Amnesty International, je trouve affligeant que la plupart des musulmanes soient encore enchaînées au dogme de la virginité. Qui exige que les femmes entrent dans le mariage plus candides qu'un lys. Les expériences amoureuses et sexuelles avant le mariage sont complètement taboues. En outre, homme et femme n'ont en aucun cas des droits ou des chances égales à l'intérieur de leur culture spécifique de musulmans. Beaucoup de femmes n'ont tout simplement pas la possibilité d'avoir une vie autonome ou une vie selon leurs désirs.

Je n'ai aucune aversion pour l'islam. Je suis pleinement consciente des bons côtés de cette religion, comme la compassion, l'hospitalité et la solidarité envers les pauvres et les faibles. Mais en ce qui concerne les femmes, il est important de bien se rendre compte que la religion musulmane n'est pas que paix et bonté. Au nom de l'islam sont maintenues des pratiques cruelles et atroces. N'est-il pas parfaitement normal qu'un citoyen s'efforce de dénoncer de tels abus, comme l'excision des femmes et la répudiation ? Quand une scientifique respectée telle que Margo Trappenburg critique dans les colonnes du *NRC Handelsblad* les visées antiféministes des chrétiens-démocrates dans le nouveau cabinet, aucun homme honnête n'osera l'accuser d'antichristianisme...

Il est évident que tous les musulmans sont loin d'être contre les femmes ou violents. Je connais beaucoup de musulmans fantastiques qui se conduisent correctement vis-à-vis de leur mère, de leurs sœurs ou de leur épouse. De surcroît, les hommes sont tout autant victimes du culte de la virginité, même si c'est de manière indirecte. À cause de lui, ils ne bénéficient pas de l'éducation d'une mère saine, équilibrée et bien formée. Ce qui engendre des retards dans les domaines de l'enseignement, du travail et du développement de la société.

En insistant de manière disproportionnée sur la « virilité » dans l'éducation et en séparant physiquement et mentalement les sexes, on ne laisse guère de chance à l'homme de développer les qualités de communication nécessaires à la vie de famille. On ne s'étonnera pas qu'aux Pays-Bas, beaucoup de musulmanes se plaignent de ce que leur mari ne leur parle presque pas (*NRC Handelsblad* du 8 juillet 2002). Le mariage précoce arrangé par la famille met l'homme face à une lourde responsabilité qu'il n'a pas choisie, celle d'une fille qu'il connaît à peine. D'où les sentiments d'incompréhension, de rage et d'impuissance. Si de surcroît, il a été éduqué dans l'idée qu'un homme a le droit de battre sa femme, il ne lui reste qu'un petit pas à franchir pour passer à la violence. Les accueils pour femmes battues enregistrent actuellement un fort contingent de musulmanes. On met même en place des accueils spécialement pour les filles musulmanes ayant fui le domicile parental.

De plus, une bonne partie de l'oppression des femmes est maintenue par d'autres femmes. Il suffit de lire ce que dit Fatma Katirci, *imama* turque d'Amsterdam (même article), sur le verset du Coran qui donne au mari le droit de battre sa femme :

– Oui, mais le différend ne doit pas porter sur ce qu'il y a à manger le soir. Il doit s'agir d'un sujet sérieux, une question d'honneur comme l'adultère. Une femme dont le comportement entache l'honneur de la famille. Vous savez, certaines femmes n'ont besoin que d'une bonne discussion, mais d'autres ne viennent à résipiscence que si on en vient à faire lits séparés, et certaines sont de vraies névrosées. Pour celles-là, une petite claque est le moyen ultime de leur faire voir leur faute. Comprenez-moi bien, je suis contre. Battre est humiliant, mais si on ne peut pas faire autrement, il faut en passer par là.

Ce qui montre que même des femmes lettrées ont du mal à s'affranchir des manières de penser qu'on leur a inculquées dès leur plus jeune âge. Dans les communautés musulmanes traditionnelles, ce sont souvent les mères qui mènent leurs filles à la baguette et les belles-mères qui rendent la vie impossible aux belles-filles. Cousines, nièces et tantes échangent sans fin des ragots les unes sur les autres comme sur les personnes étrangères à la famille. Cette forme de contrôle social les amène à perpétuer leur oppression.

Une deuxième raison à ma critique : le risque, en l'absence d'émancipation des femmes, que persiste le retard social des musulmans. Je vois une relation directe entre, d'une part, la mauvaise position des femmes et, d'autre part, les retards qu'accusent les musulmans dans l'enseignement et sur le marché du travail, leurs chiffres élevés de délinquance juvénile et leur forte dépendance vis-à-vis de l'aide sociale. Dans les faits, l'éducation des filles musulmanes nie leur autonomie et leurs responsabilités.

L'abaissement, ces dernières années, de l'âge des mariages forcés est défavorable à l'émancipation. Il s'agit de mettre une fille ou une jeune femme à la disposition d'un étranger qui peut user d'elle sexuellement. Plus jeune sera la mariée, plus elle aura de chances d'être vierge. Dans les faits, c'est un viol arrangé avec la bénédiction de toute la famille. La fille n'a pas la possibilité ni l'autorisation de finir ses études. Hélas, beaucoup de jeunes musulmanes doivent encore se plier à cette pratique.

Les filles qui ne parviennent pas à conserver leur virginité ou qui, même si elles n'ont jamais eu de rapports sexuels, craignent de ne pas saigner durant leur nuit de noces, se feront refaire un hymen par la chirurgie. Nos hôpitaux en pratiquent dix à quinze par mois, estime-t-on. Le tabou sur le sexe (et donc sur l'éducation sexuelle) fait que filles et femmes tombent enceintes sans le désirer ou contractent des maladies sexuellement transmissibles. Et les femmes turques et marocaines font augmenter le nombre des avortements.

La troisième raison pour faire entendre ma voix est que l'on n'entend pratiquement jamais les musulmanes. Leurs représentants officiels sont presque tous des hommes. Il y a trop peu d'organisations et de partis politiques qui – vu la nature de la souffrance des femmes concernées – prennent fait et cause pour elles. Porte-parole des organisations musulmanes, politiciens d'origine musulmane et autres défenseurs des « droits des communautés » s'illustrent dans l'art de nier, de minimiser ou d'éluder les graves problèmes des filles musulmanes aux Pays-Bas.

La députée travailliste Khadija Arib déclare dans une interview au *NRC Handelsblad* (8 juin

2002), sur le chapitre de la position des femmes musulmanes : « On a tendance à penser que les immigrantes désirent rester toute la journée dans leur isolement, mais c'est avant tout parce qu'il n'y a nulle part où aller. » Lors de l'ouverture, ce printemps, dans le quartier Bos en Lommer d'Amsterdam d'un lieu accueillant les mères avec leurs enfants, elle a proposé de mettre sur pied un lieu spécial où les femmes puissent suivre toute la journée des activités. En disant cela, elle nie le cœur du problème. Dans une large couche de la population musulmane, la conception perdure selon laquelle les femmes n'ont pas droit à leur liberté de mouvement et ne doivent pas travailler hors du seuil de la maison. Les musulmanes ont davantage intérêt à la critique aiguë de cet héritage qu'à l'institution de maisons spéciales pour que les femmes aient « des activités ».

Dernière raison : je suis persuadée qu'accentuer l'identité musulmane et les « droits des communautés » est nuisible aux musulmanes. Aux États-Unis, Susan Moller Okin, professeur de sciences politiques et féministe, a provoqué une discussion entre partisans du multiculturalisme, qui défendent le maintien et le développement de cultures de groupe, islamiques ou autres, et ses opposants, dont elle fait partie. Elle considère que la politique de maintien de ces cultures menée par nombre de gouvernements occidentaux est en infraction avec leur constitution, qui pose comme principes la liberté individuelle et l'égalité entre hommes et femmes. Elle fonde entre autres sa critique sur le fait que les tenants du multiculturalisme ne prennent pas en compte le style de vie privée des cultures qu'ils défendent. Alors que c'est précisément dans le cercle privé que les différences de pouvoir et l'oppression de la femme sont les plus visibles.

En fin de compte, les musulmanes des Pays-Bas ont plus à gagner avec la culture occidentale dominante, telle qu'elle est défendue par la majeure partie de la population. J'en suis la preuve vivante. Et c'est aussi pour cela que je me sens responsable du maintien vigilant du système démocratique auquel je dois tant. Formellement, tous les musulmans néerlandais jouissent des mêmes droits, mais des conceptions religieuses surannées les empêchent de les mettre en pratique.

Les coreligionnaires des femmes opprimées qui ont réussi dans la société néerlandaise (ils ne sont pas très nombreux, d'ailleurs) devraient selon moi faire plus pour leurs sœurs et leurs frères. Je voudrais inciter des femmes comme l'écrivaine Naima El Bezaz, qui écrit librement sur les femmes et la sexualité, à franchir un seuil mental et à remettre en question la source du culte des vierges (Coran, hadith, tradition et pratiques qui en découlent) au lieu de continuer à partir de la tradition établie. J'en appelle à la responsabilité de parlementaires comme Khadija Arib, Nehahat Albayrak, Nayma Azough et Fatima Elatik. La logique veut que pour fixer des priorités, ce qui est le plus épineux doive passer en premier. Des sujets annexes comme « construire une image de l'islam » doivent leur céder le pas. N'est-il pas absurde de penser qu'Allah dans sa magnificence se soucie de Son image de marque ?

J'invite les partisans d'une société multiculturelle à prendre connaissance de la misère des femmes que, au nom de la foi, on asservit derrière les murs de la maison. Faut-il avoir soi-même été maltraitée, violée, enfermée et opprimée pour pouvoir se mettre à la place d'autrui ? N'est-il pas hypocrite d'excuser ou de tolérer ces pratiques quand soi-même on profite librement des progrès de l'humanité ?

Je rappelle le Premier ministre Balkenende à ses promesses d'avant les élections de mai 2002, où il déclarait que la société multiculturelle n'est pas un but en soi. Que va-t-il faire contre l'enseignement islamique et les autres organisations qui engendrent l'autoségrégation et contribuent à perpétuer, sans ouvrir la moindre perspective, la tyrannie sur les femmes et les enfants ?

Ou bien n'était-ce qu'une rhétorique électorale ?

11

Soyons plus efficaces contre les violences domestiques [1]

Aux Pays-Bas meurent chaque année en moyenne quatre-vingts femmes, quarante enfants et vingt-cinq hommes des suites de violences domestiques. Les autorités ne savent pas comment répondre à ce phénomène. Chaque fois que cette violence est culturellement déterminée, leur attitude est tout bonnement attentiste.

Il y a eu assez de déclarations d'intention ces dernières années. Hormis les condamnations obligées, il s'est fait moult professions de foi au Parlement. Des rapports sont écrits assez régulièrement et des dizaines de colloques abordent le sujet. Les chiffres susnommés sont cités dans un rapport de mars 2002 dressé par le gouvernement précédent, démissionnaire. Sur le plan international, le gouvernement néerlandais est même parvenu à faire adopter par l'Assemblée générale des Nations unies une résolution sur le crime d'honneur exhortant « à prévenir et combattre activement ces crimes-là par toutes mesures législatives, éducatives, sociales et autres ». Tout cela est peu convaincant, car les gouvernements successifs n'ont pas su convertir leurs déclarations d'intention en politique. Depuis que la première motion contre les violences domestiques a été votée en 1981, il n'existe toujours pas de projet soutenu par une approche cohérente. Pas de lutte énergique contre ce terrorisme dans les foyers.

Malgré diverses études, le ministère public n'a toujours pas la moindre idée de la fréquence des crimes d'honneur aux Pays-Bas, pour la bonne raison que ceux-ci sont toujours comptabilisés comme des meurtres ordinaires. De même, nous en savons encore beaucoup trop peu sur les mutilations sexuelles des femmes et les mariages forcés. Autre problème concernant les violences domestiques, la différence d'appréciation culturelle. Généralement, les Néerlandais autochtones la jugent moralement condamnable. Ce qui peut rendre assez efficace l'aide psychologique aux auteurs d'actes délictueux proposée par les autorités locales – même si le pouvoir central ne parvient pas à convertir ces initiatives locales (comme à Utrecht) en offensive nationale.

Le meurtre par son père de Zarife, jeune fille turque d'Almelo, représente un type de violence domestique culturellement ou religieusement légitimé. Le comportement de l'auteur des faits est moralement approuvé au sein de sa communauté. Pis encore, dans de nombreux cas, il a été incité à la violence. S'il faillit à son devoir, il court le risque du ragot, le mettant au ban de la communauté. Quand l'auteur des faits agit avec l'approbation de sa famille et de ses amis non seulement son honneur est sauf, mais encore il force le respect de sa communauté. Pour les filles et les femmes, cela constitue un exemple effrayant d'échec de la politique d'émancipation des autorités.

Le fait que dans les communautés islamiques les relations sexuelles avant le mariage soient considérées comme inacceptables est à la racine du problème. C'est pourquoi il faut mener des campagnes de fond qui incitent les gens à parler de sexualité. Le sexe avant le mariage entre personnes majeures n'est pas punissable. Et même si l'on a le droit d'avoir des opinions différentes sur la manière dont on juge cela moralement, la violence ne saurait être la réponse.

C'est une illusion de penser que les organisations des groupes visés puissent mener ces campagnes. Les travailleurs sociaux qui leur prêtent l'oreille ne font qu'embrouiller les choses, en assurant aux parents des filles menacées que leur pupille est chaste et vierge, tandis que leurs collègues médecins leur refont un hymen.

Personne ne niera la complexité des violences domestiques, mais l'approche des autorités est très fragmentée. Au moins six ministères s'en occupent, appliquant vingt et une lois. Sur le terrain, c'est une jungle d'institutions, chacune responsable d'une part de la violence domestique. Signalement des faits (constatés puis rapportés), enquête, accueil, investigations policières poursuites et prévention se répartissent en d'innombrables organisations. Aucune n'a pour but la prévention ou le traitement des violences domestiques dans son ensemble. Dans ce labyrinthe, les victimes se perdent, alors qu'elles ont déjà grand besoin de courage et d'énergie pour se soustraire à un environnement violent, le problème étant enveloppé de honte et de secret (par peur de nouvelles violences).

En avril 2003, le Parlement a voté une motion visant à dresser d'ici au 1er septembre un plan d'attaque plus cohérent. Tout à fait dans la tradition de ce genre de choses, la présentation de ce plan a déjà été ajournée par deux fois.

Pour s'attaquer aux violences domestiques, il faudrait prendre un certain nombre de mesures :

un seul guichet pour les victimes et un seul service de coordination sont nécessaires. Qui s'occupent de prévention, de signalement (constatation des faits puis rapport), de coordination, de collecte d'informations, de conseils, d'enquêtes et de dossiers pour les poursuites, et de suivi des victimes. C'est un service de coordination de ce type qui a permis de bons résultats, par exemple à Utrecht, même si les maillons de la chaîne restent éparpillés au sein de différentes institutions ;

– le budget total et la coordination doivent être confiés à un responsable unique ;

– la sécurité des victimes doit être garantie en sortant le(s) responsable(s) du cercle domestique et en le(s) obligeant à être aidé(s) psychologiquement, au lieu de mettre les victimes en lieu sûr comme aujourd'hui.

L'accent doit se déplacer du suivi des victimes vers la prévention. Sur l'exemple américain, il faut instituer des *family courts* spécialisées dans les poursuites au pénal à l'encontre des auteurs de violences domestiques. La police, le ministère public et l'aide sociale doivent collaborer plus vite, plus effectivement et efficacement afin d'en réduire le coût pour la collectivité. En outre, les résultats des politiques seront enfin mesurables. Enfin, un traitement plus efficace des violences domestiques aura un effet favorable sur l'émancipation et la délinquance juvéniles. Combien de femmes devront encore connaître le sort de Zarife avant que le gouvernement se décide à combattre efficacement les violences domestiques ?

Appendice : État des lieux, juillet 2004

Depuis, une majorité a émergé au Parlement en faveur de l'enregistrement des crimes d'honneur et de la violence domestique sur des critères ethniques. Ce qui rend enfin visible la question. Récemment, une enquête ordonnée par le ministère de la Justice a été publiée : il en résulte qu'une femme allochtone sur quatre subit des violences domestiques. Je suppose que les chiffres réels sont plus élevés, les punitions corporelles étant une méthode éducative employée par la plupart des familles provenant des pays musulmans.

Sous la pression du Parlement, le ministre de la Justice, Piet Hein Donner, a déclaré qu'il envisageait d'instituer une commission qui serait chargée de prendre des mesures préventives à l'encontre des éventuels complices (famille au sens large) de crimes d'honneur avant leur perpétration.

Le ministre des Affaires sociales et du Travail Aart-Jan De Geus et la ministre Rita Verdonk, chargée de l'Intégration et des Étrangers, ont promis de mettre sur pied une structure qui couvre le pays (un guichet) qui s'attaque plus efficacement aux violences domestiques. Les responsables devront promettre de veiller à ce que les violences culturellement légitimées à l'encontre des femmes en milieu allochtone soient énergiquement combattues.

De plus, ce gouvernement promet d'être plus rapide et plus efficace dans sa lutte contre la traite des personnes. C'est là une forme horrible de violence à l'encontre des femmes, qui est particulièrement invisible. Les filles (dès leurs huit ans dans les pays d'Asie) et les femmes sont enlevées ou attirées hors du pays pauvre où elles sont nées (Albanie, ex-Yougoslavie, Azerbaïdjan, Afghanistan, Tadjikistan, Tchétchénie, Sierra Leone, Soudan, Congo, divers pays d'Amérique latine, Chine, Vietnam, Philippines, etc.) et vendues comme esclaves sexuelles et exploitées dans l'Occident riche. Les demandeuses d'asile qui n'obtiennent pas de permis de séjour sont attirées par des proxénètes qui leur promettent du « travail » et les placent comme prostituées dans les quartiers réservés des villes européennes. L'argent qu'elles gagnent est ramassé par ce qu'on appelle le crime organisé. C'est un effet involontaire de la politique d'asile européenne et de l'immigration continue en provenance des pays non occidentaux : filles et femmes innombrables deviennent les victimes de l'industrie du sexe. Étant donné le caractère international de la traite des femmes, il faudrait non seulement une approche commune de ce crime dans l'Union européenne, mais aussi une harmonisation des politiques d'asile entre les pays membres afin d'en rendre plus visible l'étendue. Or, rien n'a encore été fait.

12

Les mutilations sexuelles ne peuvent être tolérées [1]

Ce sont les violations des droits de l'homme *et* des droits de la femme les plus sous-estimées de par le monde. Selon des rapports établis par Amnesty International en 2002, ce sont entre cent et cent quarante millions de filles qui ont été privées de leurs organes génitaux. La communauté internationale est plus choquée par la propagation du VIH, le virus du sida, que par l'atroce pratique de la mutilation génitale des filles. Lorsqu'il travaillait au Ghana, l'urologue néerlandais Hans De Wall a été confronté aux affreuses complications à long terme de l'excision. Il a, entre autres, reçu la visite d'une femme de vingt-six ans, totalement affolée, qu'on avait excisée à dix ans avec des éclats de verre. Depuis la naissance d'un enfant mort-né, elle perdait en continu urine et excréments à la suite de fistules qui s'étaient formées [2].

Comme pour d'autres formes de violences contre les femmes, la lutte contre les mutilations sexuelles reste cantonnée aux condamnations formelles, résolutions des Nations unies et autres armes de papier. Les mesures concrètes proscrivant ces pratiques sont loin d'être en vue. Dans les pays pauvres, l'argument selon lequel éducation et développement de la société résoudraient d'eux-mêmes le problème a toujours été agité. Vu leurs conséquences collectives, la pauvreté, la guerre, les catastrophes naturelles et le sida sont prioritaires.

Dans les pays riches, où ces calamités ne retiennent pas l'attention, en lien avec l'immigration, le phénomène des mutilations sexuelles apparaît maintenant. On a commencé par être choqué ; aux Pays-Bas, par exemple, cette pratique a aussitôt été condamnée par la morale et rendue passible de peines. Ce qui ne signifie pas pour autant que les parents provenant d'Afrique et de certaines parties de l'Asie aient renoncé à mutiler leurs filles. Même les pouvoirs publics savent qu'ils les emmènent dans leur pays d'origine pour y pratiquer les mutilations rituelles. Tolérer ces pratiques est inexcusable.

Dans le rapport *Stratégies pour empêcher l'excision des filles. Inventaire et recommandations* du centre médical de l'Université libre (VU) d'Amsterdam (octobre 2003 [3]), on affirme que l'accent devrait être mis sur les mesures préventives et l'éducation et que les mesures juridiques devraient être considérées comme des accompagnements. Pour le groupe parlementaire libéral, au contraire, le respect du droit est essentiel, vu l'ampleur du crime et les conséquences pour les victimes. C'est pourquoi nous plaidons pour un système de contrôle empêchant l'excision. Les filles des « pays à risques » doivent subir un contrôle annuel (voir encadré p. 157).

L'état actuel des discussions est déroutant. Certains plaident pour que les mutilations sexuelles soient considérées comme une infraction à part dans le code pénal. Ce qui suggère qu'elles ne seraient pas actuellement passibles de peines. D'autre mettent l'accent sur la nécessité de « pouvoir parler » des mutilations à l'intérieur des communautés intéressées, d'autres encore misent tout sur l'éducation.

Tout cela part de bonnes intentions, mais selon nous, il s'agit avant tout de faire respecter le droit. Dans le code pénal néerlandais, les mutilations sexuelles ressortissent en effet déjà aux mauvais traitements volontaires entraînant des conséquences graves ainsi qu'à l'exercice illégal de la médecine.

La loi néerlandaise sur les métiers de la santé permet de soumettre les praticiens ayant opéré une excision ou y ayant participé au jugement du Conseil de l'ordre des médecins. Ces mutilations répondent aussi à la définition des mauvais traitements donnée par la loi sur l'aide sociale en direction de la jeunesse.

On remarquera qu'il n'y a eu aucune interpellation malgré l'existence de sérieux soupçons concernant les mutilations de filles vivant aux Pays-Bas pratiquées durant les vacances d'été tant ici qu'à l'étranger. Pis encore, il est inacceptable qu'il n'y ait pas la moindre forme de contrôle pour une infraction aussi grave du code pénal. Le comportement du gouvernement a donc toutes les apparences d'une politique de tolérance. Les mutilations sexuelles des filles sont interdites par la loi mais, dans la pratique, chacun ferme les yeux. La mise en pratique de toutes les recommandations du VU (concertation efficace sur les objectifs, gestion, coordination et institution du dialogue et du débat dans les milieux intéressés) ne suffit pas à garantir que les parents respecteront la loi.

Si dans le texte que le gouvernement doit arrêter d'ici au 1er avril 2004 il ne prévoit rien d'efficace pour faire respecter le droit, cela signifiera la poursuite dans les faits de la politique de tolérance à l'égard d'un crime grave.

Le gouvernement Balkenende II est tenu de mettre en place un système de contrôle, étant donné qu'il considère la sécurité et le respect du droit comme l'une de ses priorités. Le budget 2004 de la justice dit : « Respecter les lois, comme le font en général la plupart des citoyens, est un élément important pour garantir la sécurité des citoyens. » Et plus loin : « Le défaut constaté dans le respect du droit doit être endigué dans les années qui viennent. » Dans son programme sur la sécurité des citoyens, le gouvernement donne la priorité à la détection des infractions très graves et à « l'accent à mettre dans l'attention aux victimes sur les infractions entraînant les conséquences les plus lourdes ».

Les mutilations sexuelles sont des infractions très graves et ont de graves répercussions sur les victimes. Les conséquences de mutilations sexuelles telles que l'infibulation et la clitoridectomie sont connues du gouvernement. Le rapport du VU les cite : « Choc, hémorragies, formation de fistules et, dans une phase ultérieure, complications obstétriques et des voies urinaires, effets psychiatriques, psychosomatiques et psychosociaux sur la vie des jeunes filles. [...] Après l'intervention, les filles deviennent introverties, silencieuses, solitaires et présentent des troubles du comportement, des dérèglements alimentaires, des angoisses. » Les mutilations sexuelles amènent aussi « des troubles liés au stress posttraumatique. Sentiments d'impuissance de la jeune fille, perte du contrôle, du consentement, du savoir et expérience intense de la souffrance. »

Y a-t-il dans la loi des ouvertures vers un système de contrôle ?

L'article 11 de la constitution néerlandaise prévoit que chacun a droit à l'intangibilité du corps humain. Laquelle disposition est la petite sœur de l'article précédent, qui prévoit que chacun a droit au respect de sa vie privée. Les deux dispositions sont essentielles pour notre proposition. Elles connaissent leurs équivalents en termes de conventions internationales dans l'article 8 de la Convention européenne des droits de l'homme et de l'article 17 du Pacte international relatif aux droits civils et politiques de 1966 (Nations unies).

Une objection rebattue de notre proposition est qu'un contrôle médical obligatoire est un acte qui viole l'intangibilité du corps humain et de la vie privée (introduire un Coton-Tige dans la bouche de quelqu'un suffit pour violer celle-ci).

Mais l'article 8 susnommé prévoit dans son alinéa 2 dans quels cas et de quelle manière les pouvoirs publics peuvent violer les droits fondamentaux des gens. Ils doivent avoir pour cela des motifs suffisamment solides, sans quoi les droits fondamentaux n'auraient aucune valeur. Ces motifs sont :

• la sécurité nationale, la sécurité publique, la prospérité économique du pays ;

• le maintien de l'ordre ou la prévention d'actes tombant sous le coup de la loi ;

• la protection de la santé ou de la morale ;
• la protection des droits d'autrui.

L'article 8 prévoit donc qu'on viole les droits fondamentaux si cela est nécessaire pour prévenir un acte tombant sous le coup de la loi. Ce que sont les mutilations sexuelles (mauvais traitements volontaires graves). Cet arsenal d'exceptions semble donc offrir une possibilité. La Convention européenne des droits de l'homme permet d'imposer un examen médical obligatoire si cela est nécessaire pour prévenir des actes tombant sous le coup de la loi. Il s'agit donc d'établir cette nécessité.

Celle-ci dépend entre autres d'un principe de proportionnalité : la violation est-elle proportionnelle à la prévention qu'elle autorise ? En d'autres termes : la mesure proposée va-t-elle trop loin ?

Le débat juridique dépend de la réponse à cette question. La position des libéraux est que sans obligation, il est impossible de prévenir efficacement les mutilations sexuelles. Selon nous, c'est donc une mesure nécessaire. De surcroît, l'article 11 de la constitution a une face positive (c'est-à-dire qui oblige à agir). Il impose aux pouvoirs publics de prendre des mesures pour prévenir les violations de l'intégrité du corps humain.

Appliqué à notre projet, cela signifie que les pouvoirs publics doivent prendre des mesures pour empêcher les mutilations sexuelles. Concernant l'exigence de proportionnalité, nous sommes d'avis que le contrôle effectué une fois par an par un médecin femme de l'office communal de la santé doit l'emporter face au risque de mutilation grave. De cette manière, on dispose d'un argument juridique qui lève les réserves principales à l'encontre de notre projet.

Autre réserve juridique envisageable : le contrôle obligatoire est en infraction avec l'article 1 de la constitution. Ce n'est pas en effet une mesure générique pour tous les résidents. Un recensement obligatoire de la population en vue de contrôles pour les personnes provenant d'un pays à risques est une forme de discrimination.

Il y aura également des juristes pour arguer que la violation provenant du contrôle annuel aura pour effet secondaire de stigmatiser les parents et pèsera lourd sur les épaules de l'enfant ; ils estimeront la mesure disproportionnée. D'autres aussi assureront qu'un haut pourcentage de mutilations dans le pays d'origine n'établit pas le risque immédiat qu'une personne résidant aux Pays-Bas se rende coupable de mutilations. À cela nous répondons que les conséquences des mutilations sexuelles pour l'enfant sont si graves que les pouvoirs publics doivent donner la priorité aux articles 10 et 11 de la constitution sur l'article 1, et que, même en cas de risque relatif de mutilation sexuelle, les contrôles préventifs restent proportionnés. Les filles, les fillettes dont les parents viennent des pays à risques courent d'ailleurs un danger réel de mutilation vu l'importance que beaucoup de parents accordent à la tradition.

Comme l'indique l'enquête du VVD, il y a de sérieuses indications selon lesquelles des jeunes filles seraient mutilées durant les vacances d'été. Le caractère secret du rituel – les parties génitales sont par définition couvertes – peut faire que la société, tout en condamnant l'acte délictueux, choisisse de regarder de l'autre côté. Si l'on coupait le nez ou un bout d'oreille, la politique de tolérance serait impraticable.

Par définition, les mutilations sexuelles sont perpétrées illégalement. Aux Pays-Bas, les parents savent qu'elles sont passibles de peines. C'est la raison pour laquelle ils la pratiquent pendant les vacances d'été, parfois dans leur pays d'origine. Ils comptent que la petite fille puisse se remettre de ses blessures à l'insu du monde extérieur. On ne peut pas attendre d'ouverture de la part des groupes fermés où règne la conviction que la mutilation est bonne pour l'enfant. Cette conviction fait que la perpétration des mutilations n'est pas vécue comme un acte criminel mais comme un acte d'amour, un devoir parental vis-à-vis de leur fille et de leur propre milieu.

Quant à la stigmatisation des parents, le gouvernement se doit de faire la balance entre, d'une part, l'atteinte à la vie privée des parents et, d'autre part, la protection de l'enfant. Étant donné la gravité des mutilations sexuelles, les libéraux optent pour le bien de l'enfant. En outre, les services responsables du contrôle (médecine communale, par exemple) doivent prendre leurs précautions afin de protéger les données collectées sur parents et enfants.

Condamner solennellement les mutilations sexuelles comme étant des pratiques infâmes ne fait pas disparaître le problème. En regard du caractère occulte et persistant des traditions, les effets préventifs de l'éducation et de l'enseignement sont très limités et quasiment impossibles à mesurer. La pression familiale dans les pays d'origine (les liens familiaux ne sont pas coupés par les frontières géographiques) est trop forte pour éradiquer cette pratique par l'éducation et l'enseignement. L'argument selon lequel la tradition finira bien par s'essouffler ou par disparaître aux Pays-Bas parce qu'elle est interdite par la loi est ridicule.

Ce projet de système de contrôle n'est pas parfait, mais il offre les meilleurs résultats en matière de respect du droit et de prévention de ces pratiques criminelles. De plus il est transparent pour les parents et les tuteurs ; ils savent exactement à quoi s'en tenir. Deux effets secondaires positifs, l'éducation et l'instruction, peuvent intervenir efficacement, taillés sur mesure pour les intéressés. Ce modèle peut servir d'exemple pour l'Europe et le reste du monde, permettant de bannir les mutilations sexuelles de tous les continents.

Appendice : État des lieux, juillet 2004

Après moult discussions sur les avantages et les inconvénients d'un contrôle, grâce au Parti travailliste, qui est pour une forme de contrôle périodique, j'ai obtenu une majorité au Parlement. Bien que tout le groupe parlementaire travailliste ait voté pour, la députée Elle Kalsbeek a eu un rôle déterminant. On statuera plus tard quelle instance réalisera les contrôles et à quelles périodes. Le ministre de la Santé Hans Hoogervorst a non seulement exprimé dès le départ son aversion à l'endroit des mutilations sexuelles des filles, mais il s'est aussi déclaré prêt à mettre sur pied le système de contrôle aussi vite que possible. Le 23 avril 2004, il a envoyé une lettre au Parlement où il nomme les mutilations sexuelles. Le gouvernement

Propositions pour la mise sur pied d'un système de contrôle

Le VVD veut un système de contrôle pour prévenir l'excision des filles aux Pays-Bas. Le gouvernement devrait prendre les mesures suivantes :

• Établir en collaboration avec Amnesty International et les Nations unies une liste de pays à risques ;

• Mettre en place un recensement obligatoire pour les enfants provenant des pays à risques ;

• Faire deux listes. Sur la liste A, les filles déjà mutilées, sur la B celles qui ne le sont pas encore, les nouveau-nées allant automatiquement sur la liste B ;

• Les filles de la liste A sont suivies médicalement et psychologiquement dans la mesure où cela se révèle nécessaire ;

• Les parents de la liste B sont appelés chaque année à faire subir à leur(s) fille(s) un contrôle obligatoire prévu par la loi jusqu'à leur dix-huitième anniversaire ;

• Les nouveaux migrants des pays à risques reçoivent d'office la même convocation ;

• Le contrôle peut être réalisé par les services de la santé communale. S'il est constaté qu'une fille de la liste B est mutilée, on le signale à la Protection de l'enfance, qui déclenche des poursuites contre les parents ;

• D'ici au 1er avril 2004, le gouvernement Balkenende devra prendre position sur cette question : quelle est la meilleure manière d'éviter l'excision des filles ?

Balkenende II est disposé à mettre sur pied une commission d'enquête auprès du Conseil de santé publique pour voir comment établir un système de contrôle et un dispositif de signalement des faits, d'enquête et de réaction efficaces. Les Néerlandais mais aussi les étrangers résidant régulièrement aux Pays-Bas se rendant complices de mutilations sexuelles ou coupables d'incitation aux mutilations sexuelles à l'étranger (dans certains pays comme la Somalie, elles sont autorisées) pourront être poursuivis aux Pays-Bas.

À l'automne 2004, il y aura concertation entre le Parlement et le gouvernement à propos des contrôles à mettre sur pied.

13

Dix conseils aux musulmanes qui veulent s'échapper [1]

Ces derniers temps, on rencontre de plus en plus de musulmanes dans les centres pour adolescents fugueurs et pour femmes battues et maltraitées. Certaines ont suivi l'enseignement secondaire avec succès et souhaitent continuer leurs études mais ne sont pas autorisées à quitter la maison. Leurs parents ne les ont pas préparées à vivre de manière autonome. Toute leur famille est épouvantée quand elles expriment le désir d'un avenir autonome. À leurs yeux, c'est un comportement gravement déviant.

Quant aux femmes qui veulent quitter leur mari afin de mener une vie indépendante, leur famille tente de les convaincre qu'elles commettent une énorme erreur. La famille du mari comme de la femme le lui interdiront. Parfois, la tension entre la femme et les deux familles se résout pacifiquement. Ils l'amènent à réviser son opinion et à rester encore près de son mari. Il n'est pas rare toutefois que la famille réagisse violemment. L'ampleur et la gravité de leur violence varient selon les cas.

Parfois, les musulmanes prennent une décision brutale et s'enfuient de chez elles, avec toutes les conséquences négatives que l'on peut imaginer. Elles se retrouvent souvent dans les bureaux de l'aide sociale et dépendent longtemps de telles instances. Parfois, un travailleur social tente une médiation entre la « femme qui a fait une fugue [2] » et sa famille. Ce qui a généralement pour résultat de lui faire réintégrer le foyer.

Il arrive aussi qu'au bout d'un moment les musulmanes en fuite se fourvoient. Sans habitude de l'autonomie, elles vivent leur liberté en sortant constamment et tombent dans une dépendance à base de drogue et de plaisirs. Ces filles se laissent souvent séduire par des proxénètes et cela finit souvent tragiquement. Elles pensent qu'il n'y a plus d'issue pour elles et se suicident. D'autres aussi sont récupérées *in extremis* par leur famille, et le cauchemar recommence. Il arrive souvent qu'on les appâte en leur promettant des vacances au lieu de naissance de leurs parents. Là, on leur dérobe leur passeport et elles n'ont plus d'issue. Dans le pire des cas, on les assassine, comme Zarife, la jeune Turque d'Almelo.

Ces histoires de femmes en fuite m'ont inspiré la lettre ouverte ci-dessous, qui contient dix conseils pour les musulmanes qui veulent s'échapper.

Chère musulmane,

Les conseils ci-dessous ne sont pas pour toutes les musulmanes. Ils sont pour toi seule. Toi qui veux vivre ta vie de manière autonome et dont la liberté est entravée par ta famille, ton mari ou la communauté des croyants. Tu veux quitter ta famille ou ton mari parce que tu veux organiser ta vie. Tu veux gagner ton propre argent pour subvenir à tes besoins. Tu veux choisir toi-même ton partenaire, éventuellement pour la vie. Tu es convaincue que c'est à toi – et non à tes parents, à la communauté ou à qui que ce soit d'autre – de décider si tu dois te marier, quand et avec qui. À quel âge tu auras des enfants, comment tu les éduqueras ? Tu souhaites décider toi-même de tout cela. Pour te faire des amis, tu ne veux pas te limiter au cercle dans lequel le hasard a voulu que tu naisses, tu restes ouverte aux contacts en dehors de ce petit cercle-là. Tu veux voyager et découvrir le monde. Tu ne veux pas être condamnée pour le restant de tes jours à porter les enfants d'un homme que tu n'aimes pas. À faire le ménage, les courses et la cuisine trois fois par jour. Faire le thé tous les week-ends et des gâteaux pour recevoir. Faire la lessive, le repassage et parler des motifs de rideaux et de l'ourlet des draps. Tu ne veux pas passer ton temps libre avec des femmes qui colportent des rumeurs. Tu es fatiguée que tes sœurs et tes cousines n'utilisent leurs capacités intellectuelles que pour perfectionner une recette. Tu as suivi suffisamment de noces où les filles se vantent, non de leurs prestations artistiques ou culturelles, mais des tatouages au henné qu'elles ont dessinés sur les paumes de mariées qui ont divorcé depuis longtemps. Tu as été témoin du piège dans lequel les couples tombent après les festivités du mariage, qui ont duré trois jours.

Tu sais que tu mérites mieux que ça ! Tu penses et rêves à ta liberté. Tu veux pouvoir sortir, sentir le soleil sur ta peau et le vent dans tes cheveux. Tu n'acceptes plus la tyrannie domestique ; tu décides de t'échapper. Dans ce cas, les conseils suivants (pour autant que tu n'aies pas déjà trouvé tout cela toute seule) peuvent t'être utiles.

La préparation

1. La liberté est un choix

Pose-toi la question : est-ce que je veux vraiment partir ? Pourquoi je veux partir ? Une médiation est-elle possible ? Le choix de quitter la maison de tes parents ou de ton mari doit reposer sur autre chose que le simple fait que tu sois mécontente de ce qui se passe chez toi. Ton départ aura en effet de lourdes conséquences pour toi. Peut-être plus lourdes que si tu étais restée. C'est pourquoi il est très important que, dans ton coin, tu prennes le temps de répondre à cette question d'une manière satisfaisante. Tu aimes sûrement ta famille. Ton geste attristera tes parents. On te reprochera de les déshonorer, et que ton départ aura des conséquences pour toute la famille. Qui fera tout pour te ramener. Ils essaieront de te faire changer d'avis, ils te menaceront de te renier, de te répudier, de te maudire ou de te faire violence. Ne sous-estime pas le chantage émotionnel et moral. « Depuis que tu as décidé de partir, maman est malade, elle ne dort plus. » C'est le genre de remarques que tu t'attireras.

Regarde tes possibilités. Examine bien la situation chez toi. Fais-toi une liste des risques que tu encours. Ceux-là sont importants si tu as une grande famille avec beaucoup d'hommes très attachés à leur honneur et très croyants. Le risque est maximal si ton père est un homme important dans cette famille. Il est moindre si tu appartiens à une famille certes attachée à son honneur, mais composée de peu d'hommes. Ne sous-estime pas pour autant le commérage des femmes. Elles vont tout raconter et monter les hommes contre toi.

Si tu sais comment fonctionnent les commérages, qui raconte quoi à qui, et ce qui est mal vu, tu peux t'armer contre ce phénomène en évitant de devenir le centre des ragots. De cette manière-là, tu as une chance.

Examine tes faiblesses : ta santé ? Ton tempérament : pars-tu au quart de tour ou es-tu quelqu'un qui se contrôle ? Sais-tu t'adapter à des situations nouvelles ? Le contrôle de soi te permettra de partir mieux préparée (et de te tenir à ton projet). N'oublie pas : c'est quelque chose qui s'apprend.

Réfléchis : comment garder secret ton départ le plus longtemps possible; combien de temps disposes-tu dans une journée ? Est-ce qu'on remarque ton absence quand tu t'en vas pour quelques heures ? Es-tu douée pour inventer des excuses convaincantes, pour dire à tes parents ce qu'ils ont envie d'entendre ? Est-ce que, par exemple, tu devrais porter le voile jusqu'à ton départ, pour « la paix du foyer » ?

Sache qu'une fois partie tu ne pourras pas revenir en arrière. Une fois encore la question essentielle que tu dois te poser est donc : est-ce que je veux vraiment partir ?

2. *La confiance*

Tu as décidé que tu veux vivre de manière autonome. Pour cela, il te faudra avoir confiance. En toi-même, pour commencer. Tu connaîtras des moments d'incertitude et de peur. Et même de remords. C'est normal. Tu es sur le point de quitter le cadre que tu connais, aussi insupportable qu'il puisse être parfois. Il se peut que tu ne revoies plus jamais ta famille. Sache que tu seras tourmentée par le doute, mais rappelle-toi que ce que tu fais est bon pour toi-même. La manière dont tu veux vivre ne peut pas s'accorder avec ce que veut ta famille. Aie confiance en toi-même.

Tu dois aussi faire confiance à d'autres personnes. Il faut que tu saches à qui tu peux te fier. Choisis quelqu'un en dehors de ta communauté, quelqu'un d'adulte dont les affaires sont en ordre. Il faut aussi que ce soit quelqu'un qui t'aide à devenir autonome, qui te donne le sentiment que tu es bonne. Quelqu'un qui te soutienne, pas quelqu'un qui te mette le grappin dessus et t'accapare. Quelqu'un auprès de qui tu puisses faire des erreurs. Ne te méfie pas de tous, mais sois critique et sois prudente.

3. Les amis

Il est capital pour toi de te faire des amis. Tu es sur le point d'abandonner derrière toi ta famille. Tu ne survivras pas sans amis. Il faut que tu t'en fasses bien avant de partir. Sur qui tu puisses compter. Tu commences une nouvelle vie, elle doit être faite de nouvelles connaissances. Évidemment, il y aura des membres de ta famille ou des coreligionnaires qui comprendront ta situation et diront te soutenir, mais il y a de grandes chances qu'en réalité, cela finisse autrement que prévu. Ils vivent en communauté et se racontent beaucoup de choses. Si l'un d'entre eux te comprend et te soutient, il se peut que dans un moment d'inattention il laisse échapper une parole imprudente. En plus, tu imposes à cette personne un conflit d'allégeance. En moins de temps qu'il ne faut pour le dire, tes projets seront étalés sur la place publique. Fais bien attention. Je ne dis pas que tu n'as pas le droit d'avoir des amis musulmans, mais ne leur parle pas de tes projets de départ. Tu ne peux pas prendre de risques. Les conséquences sont trop graves pour toi.

L'amitié suppose la réciprocité. Investis-toi avec tes amis. Fais-leur savoir qu'eux aussi peuvent se fier à toi et faire appel à toi. Tes nouveaux amis auront souvent d'autres idées sur les femmes, peut-être ne les comprendras-tu pas au début. Explique-leur comment dans ta famille et ta communauté on considère la culpabilité et la honte. Apprends à être honnête : tu peux parler des erreurs que tu commets, tu n'as pas besoin de mentir sur tes amants, tes rendez-vous, etc.

4. Ton adresse

Si tu quittes la maison, il te faut un endroit où vivre. Comme étudiante ou femme au foyer, tu n'as guère de ressources. Peut-être n'en as-tu même jamais eu à ton nom. En plus, tu dois éviter les quartiers où l'on risque de te reconnaître et de donner des informations sur toi à tes parents ou à d'autres membres de ta famille. Comme tu as peu d'argent et que tu dois être prudente pour ta propre sécurité, ton choix en matière de logement est très limité. Demande à temps de l'aide aux amis ou aux personnes en qui tu as confiance.

Les villes universitaires sont attrayantes, parce que tu y trouveras des quartiers bon marché mais sûrs. Les maisons d'étudiants sont une solution légale et le prix des chambres y est relativement bas. L'inconvénient est que tu dois être inscrite quelque part comme étudiante pour y trouver une place. Dans certaines villes s'y ajoute un autre problème, les résidents de ces colocations se concertant au sujet des candidats à la location, il se peut que tu ne sois pas cooptée.

Si tu n'es pas étudiante ou si tu as choisi une ville universitaire où les listes d'attente pour obtenir une chambre sont longues, il existe d'autres possibilités. Entre autres, des couples ou des célibataires qui sont prêts à louer bon marché une chambre à une personne seule et peu argentée – en général une femme. Cela concerne souvent une période courte, parce que leurs enfants ont quitté le foyer ou parce qu'ils se retrouvent seuls. Dans ce cas, tu dois te plier aux règles de la maison. Mais tu peux très bien aussi discuter de ta vie privée et poser les frontières. Dans des villes comme Amsterdam, on trouve des logements bon marché dans des quartiers qui sont sûrs pour toi. Selon un principe idéal, ils sont faits pour des groupes spécifiques de gens à faible revenu, comme les artistes, les musiciens, etc.

Si tu arrives à trouver une chambre ou un logement, installe-toi. Réfléchis bien à ton plan de départ. Fais en sorte que ta chambre ne reste pas vide pendant des mois. Ce serait du gaspillage.

Fais attention à ne pas donner ton adresse et éventuellement ton numéro de téléphone à n'importe qui. Le courrier électronique est un moyen actuel de garder le contact sans donner ton adresse.

5. Ta sécurité

Si ta famille te menace, réfléchis bien à l'endroit où tu veux aller vivre, le mieux est d'en choisir un où l'on te remarque le moins possible : si tu vas suivre des études, ce sera une ville grande ou moyenne ; si tu as l'intention de travailler, une petite commune loin de chez tes parents t'offrira plus d'opportunités et de sécurité.

En t'inscrivant dans la commune, demande à voir un fonctionnaire spécial qui connaît la situation des filles comme toi, qui veulent vivre de manière autonome et craignent pour leur existence à cause de leurs frères, de leur mari ou de leur père. Il est capital que ton adresse reste secrète. Tu dois donc aller à la police et déposer une déclaration. Le papier qu'on te remettra te permettra de garder confidentiels ton numéro de sécurité sociale, les données et les papiers qui vont avec et ton certificat d'inscription dans la commune. Renseigne-toi pour savoir comment, le cas échéant, tu pourras obtenir une aide juridique.

Fais en sorte que tes colocataires, collègues, amis soient au courant des risques que tu cours : quelqu'un est à ta recherche, ils doivent faire attention pour ta propre sécurité. Eux aussi doivent être prudents, ne pas divulguer ton adresse.

6. Tes ressources

Avant de partir, fais en sorte d'avoir des ressources. Si tu as des projets d'études, demande à temps une bourse. Donne une adresse temporaire chez une amie, par exemple, si tu ne sais pas où tu vas habiter. Si tu n'as pas le projet de faire des études et que tu n'as pas de ressources, demande une aide sociale à la commune de ton choix. On t'obligera alors à travailler ou à suivre un cursus d'intégration pour allochtones et à apprendre à te débrouiller sur le marché du travail. Fais tout cela à temps. Cherche dès que tu peux de petits emplois sur ton futur lieu de résidence. Inscris-toi pour trouver un petit boulot. Évite autant que possible d'emprunter et de faire des dettes.

L'essentiel est d'apprendre à gérer l'argent : il y a des cours pour apprendre à tenir un budget, les services sociaux sont là pour te dire où t'adresser.

7. Tes chances de te former

Il est toujours bien d'avoir un petit boulot, mais fais en sorte de réussir tes examens. Tu te trouveras quantité de bonnes raisons pour ne pas suivre un cours, mais évite cela le plus possible. Tes études terminées, c'est ton passeport vers l'indépendance durable. Essaie d'augmenter tes chances d'accès à la formation. Il y a souvent des stages à la clef. Fais usage de cette possibilité, cherche-toi à temps un stage et discute pour fixer clairement les modalités de défraiement, les horaires de travail et le nombre de points que tu dois obtenir pour tes études.

Si tu as des difficultés dans tes études, n'attends pas pour voir ton conseiller pédagogique. Il peut t'apprendre à étudier, à préparer les examens, à rédiger un mémoire, etc. Il faut une discipline : partage bien ton temps, va te coucher tôt, commence le travail tôt.

À l'occasion de tes études, tu apprendras aussi comment te comporter avec les gens qui ne sont pas de ta confession. Ce qu'ils attendent de toi, mais aussi les règles sous-jacentes de comportement entre les gens. Tu peux devenir membre d'une association étudiante.

8. Tes affaires

Si tu t'en vas, tu ne pourras pas tout emmener. Ton départ doit rester secret, tu ne peux donc pas emporter ton lit, ta table ou ta chaise, ou la totalité de tes vêtements. Tu dois choisir ce dont tu as absolument besoin. Pense aux photos auxquelles tu tiens ou à tes économies. Et n'oublie pas ton passeport. Pense à agir progressivement : si tu franchis la porte avec des sacs pleins ou si, tout d'un coup, ton placard est vide, on le remarquera.

Tu dois aménager ta nouvelle chambre ou ta maison, rends-toi donc dans des endroits où tu pourras acheter des affaires bon marché.

9. Le moral

Ton départ est un défi de taille. Tu te sens forte, tu attends le moment où cela arrivera, mais tu es terriblement vulnérable. Tu auras des moments de dépression, tu te sentiras seule, tu ne trouveras pas de compréhension auprès de tout le monde, même parmi tes nouveaux amis. La personne en qui tu te fies pourra t'aider à acquérir intérieurement plus de ressort. En dépit de toutes les aides extérieures, tu es seule devant tes choix : prends-en conscience. Sois consciente que tu auras des bons jours et de moins bons, et ne t'enfonce pas toute seule, ne pratique pas l'auto-apitoiement. Tu ressentiras le besoin de parler à ta famille. L'évidence de la chaleur qui t'entourait te manquera : toutes les familles connaissent des moments déterminants, naissances, enterrements, mariages, etc. Ces jours-là, tu te sentiras encore plus seule. Mais sache que reprendre contact avec ta famille peut avoir de graves conséquences pour toi.

Il y a des consolations. Les exemples sont nombreux de femmes comme toi qui ont pu renouer un contact de qualité avec leur famille, mais en général cela prend des années.

10. Le départ

Tu as tout réglé. Tu es toujours sûre de toi. Tu as de bons amis qui sont disposés à t'aider. Tu as confiance en toi, en tes amis et en l'avenir. Tu as une adresse, des ressources et tu t'es inscrite à une formation. Peut-être es-tu encore à l'école ou suis-tu des études. Tu as emporté en catimini les affaires qui ont beaucoup d'importance à tes yeux. Personne n'a rien remarqué. Tu t'es comportée de manière exemplaire. C'est le jour du départ. Il fait beau ou il pleut. Ce soir, pour la première fois, tu vas dormir dans TA maison. Dans TA chambre, ou quel que soit le nom que tu lui donnes. Mais tout de suite, que faire ? Faut-il aller vers la porte sans dire au revoir et la refermer derrière soi ?

Oui, car tu ne dois pas te faire remarquer.

Te voilà partie.
Et maintenant, que faire ?

Ton père et ta mère ne savent pas où tu es et vont se faire du souci. Il faut qu'ils sachent que tu es partie de ton propre gré. Écris-leur une lettre, explique-leur que tu les aimes, que tu veux organiser ta vie autrement qu'eux le font, que tu respectes leur vie mais que toi, tu pars.

Téléphone-leur. Tu voudras garder le contact avec eux, mais sois prudente. Fais en sorte que ton numéro ne soit pas connu. Appelle d'une cabine ou d'un poste qui ne divulgue pas son numéro. Fais en sorte qu'il y ait des gens autour de toi, pour que la conversation reste brève et se limite à l'essentiel.

Tu dois apprendre à fonctionner dans la société. Malgré tous les problèmes, ton éducation t'a appris certaines choses. Tu peux t'adapter aux autres, tu es entraînée aux tâches ménagères. Tu as appris à affronter des conditions difficiles et à supporter les contrariétés. Contrairement à beaucoup d'hommes, tu n'as pas été gâtée. Mais tu as encore beaucoup à apprendre. Sois ouverte au monde. Cela en vaut la peine.

14

Submission
Part I

Prologue

Amina est une musulmane fervente qui s'en tient scrupuleusement aux règles de la *charia*. Elle est entourée de femmes à qui, au nom d'Allah, on a fait un sort cruel. Mauvais traitements, viols au sein du mariage, inceste, châtiments corporels. On cite chaque fois aux victimes un extrait du Coran qui justifie les cruautés. Amina est émue par leur sort, dont elle a aussi sa part, dans une certaine mesure. Chaque jour, elle s'adresse à Allah et prie avec ferveur pour que le sort de ces femmes s'améliore, mais Il reste silencieux et les sévices continuent. Un jour, elle fait quelque chose d'étonnant. Durant la prière, elle s'éloigne de la structure imposée. Après le passage obligé de la lecture du début du Coran, elle se met à parler avec Allah au lieu de se contenter de se soumettre à lui.

LIEUX : l'Islamistan [un pays imaginaire où la majorité des gens sont musulmans et où la *charia* est le droit qui s'applique].

PERSONNAGES :

AMINA, rôle principal (parle à Allah pendant la prière) ;

AÏCHA, allongée en position fœtale après avoir reçu cent coups de bâton ;

SAFIYA, vit les rapports sexuels dans le mariage comme un viol ;

ZAÏNAB, rouée de coups parce qu'elle n'obéit pas à son mari ;

FATIMA, voilée, victime d'inceste.

Les cinq femmes prennent place. Amina est assise au milieu. La tête penchée. Elle se lève, se dirige vers un tapis de prière posé à ses pieds qu'elle déroule. Il est dirigé vers La Mecque. Amina est debout à une extrémité du tapis, son visage également dirigé vers La Mecque. Elle lève les bras, paumes étendues et s'écrie *Allah u akbar* ! Puis elle place celles-ci sur son diaphragme, la paume droite sur la gauche. Ensuite elle dirige ses regards vers l'avant du tapis. Elle reste dans cette position jusqu'à ce que soit lue la *Fatiha* (la sourate liminaire du Coran). Lorsqu'elle entend *Aaaa-miiin*, elle se contente de lever la tête et de regarder la caméra.

Aïcha, condamnée à cent coups de bâton

Amina dit le texte ci-dessous, qui se rapporte à une femme imaginaire qui s'appelle Aïcha. Pendant ce temps, la caméra se déplace lentement d'Amina vers Aïcha. Cette dernière est allongée en position fœtale. Les plaies (cicatrisées) des coups de bâton sont visibles sur son corps. Par-dessus est écrit le texte suivant du Coran : le verset 2 du chapitre XXIV (*An-Nur* ou La lumière).

Texte dit par Amina

Ô Allah, de là où je suis étendue, blessée, l'esprit brisé

J'entends dans ma tête la voix du juge qui me déclare coupable

La peine qui m'est infligée est inscrite dans Tes paroles :

« *La fornicatrice et le fornicateur, fouettez-les chacun de cent coups de fouet.*

Et ne soyez point pris de pitié pour eux dans l'exécution de la loi d'Allah si vous croyez en Allah et au Jour dernier. Et qu'un groupe de croyants assiste à leur punition » [cette citation en italique est inscrite sur le corps d'Aïcha].

Il y a deux ans, par un jour ensoleillé, alors que j'étais au souk, mes yeux ont croisé ceux de Rahman, le plus bel homme que j'aie jamais rencontré.

À partir de ce jour, je n'ai pu m'empêcher de remarquer sa présence chaque fois que j'allais au marché.

Je fus tout excitée quand j'appris que son apparition au bazar n'était pas fortuite.

Un jour, il suggéra que nous nous rencontrions en secret, et j'ai dit oui.

Pendant des mois, Rahman et moi nous nous sommes rencontrés, partageant boissons et mets délicats.

Nous dansions, nous rêvions... oh, nous construisions des châteaux de sable.

Et nous faisions l'amour, à chacune de nos rencontres secrètes.

Avec les mois, notre relation s'approfondit.

En outre naquit de notre amour une nouvelle vie, qui se mit à grandir.

Notre bonheur ne passait pas inaperçu et il ne fallut pas longtemps pour qu'après les regards envieux les mauvaises langues se mettent à marcher ;

« Ignorons ces gens et fions-nous à la miséricorde d'Allah », nous disions-nous l'un à l'autre.

Peut-être étions-nous naïfs, jeunes et amoureux, mais en tout cas, nous croyions que Ta sainteté était de notre côté.

Rahman et moi avions affection, confiance et profond respect l'un pour l'autre, comment Dieu pouvait-il désapprouver ? Pourquoi l'aurait-il fait ?

Et donc, nous ignorions les mauvaises langues et ensemble, nous continuions à vivre notre rêve, quoique avec plus de discrétion.

Oh, Allah ! jusqu'à ce que nous soyons traduits en justice, accusés de fornication !

Rahman m'a appelée la veille de notre comparution.

Il m'a dit que son père l'avait fait sortir du pays. Quel dommage que le mien se trouve être un homme pieux, pensais-je.

Il m'a dit qu'il m'aimait et qu'il prierait pour moi. Il m'a aussi dit d'être forte et d'avoir foi en Toi.

Ô Allah, comment aurais-je foi en Toi ? Toi qui as ravalé mon amour à la fornication ?

Je suis étendue là, fouettée, insultée, humiliée en ton nom.

Le verdict qui a tué ma foi en l'amour est dans Ton saint livre.

De croire en Toi..., de se soumettre à Toi... c'est comme... c'est s'abuser soi-même.

Safiya, systématiquement violée au sein des liens du mariage

Amina dit le texte ci-dessous qui se rapporte au sort d'une femme imaginaire qui s'appelle Safiya. Pendant ce temps, la caméra se déplace lentement d'Amina vers Safiya. On voit le dos d'une belle femme vêtue d'une robe blanche, qui s'ouvre très bas dans le dos. Sur ce dos et sur ces cuisses (la robe est longue, mais fendue sur le devant), on voit le texte suivant du Coran : le verset 222 du chapitre II (*Al-Baqarah* ou La vache)

Texte dit par Amina

J'avais seize ans quand mon père m'a annoncé la nouvelle dans la cuisine.

« Tu vas épouser Aziz; il est d'une famille honorable, il prendra bien soin de toi. »

Quand je vis des photos de lui, loin d'être enthousiasmée, je l'ai trouvé peu attirant et même en faisant de mon mieux pour voir la perfection de l'ensemble,

Je ne pouvais m'empêcher de voir les détails qui clochaient :

Une cicatrice sur la lèvre, un nez tordu, et tous ces poils sur les sourcils.

Mon mariage fut plus une fête pour mes deux familles que pour moi

Une fois dans le domicile conjugal, mon mari s'est approché de moi

Depuis lors, je recule quand il me touche

Je suis dégoûtée par son odeur, même au sortir du bain

Pourtant, ô Allah, j'obéis à ses ordres

Que sanctionnent Tes paroles
Je le laisse me prendre
Chaque fois que je le repousse, il te cite :
« Et ils t'interrogent sur la menstruation des femmes.
– Dis : C'est un mal.
Éloignez-vous donc des femmes
Pendant les menstrues, et ne les
Approchez que quand
Elles sont pures.
Quand elles
Se sont purifiées,
Alors cohabitez avec elles
Suivant les prescriptions d'Allah
Car Allah aime ceux
Qui se repentent
Et il aime ceux qui se purifient. »
Alors j'étire le temps de mes règles
Mais bien sûr, il arrive un jour où il me faut
Me déshabiller, il ordonne et je me soumets
Non à lui, mais à Toi
Ces derniers temps, j'ai de plus en plus de mal à souffrir mon mari
Ô Allah ! je t'en prie, donne-moi la force de le supporter ou je crains
Que ma foi ne vacille.

Zaïnab, maltraitée par son mari

Amina dit le texte ci-dessous, qui se rapporte à une femme imaginaire qui s'appelle Zaïnab, jouée par une figurante. Pendant ce temps, la caméra se déplace lentement d'Amina vers Zaïnab. On voit son visage enflé, plein de bleus. Ses vêtements ont été arrachés. Sur les parties de son corps ainsi découvertes, comme ses avant-bras, ses épaules et éventuellement son ventre, on voit inscrit le texte suivant du Coran : le verset 34 du chapitre IV (*An-Nisa* ou Les femmes).

Texte dit par Amina

Ô Allah ! Très-Haut

Tu dis que *« les hommes ont autorité sur les femmes (sont leurs protecteurs et leurs soutiens), en raison des faveurs (la force) que tu accordes à ceux-là sur celles-ci ».*

Je sens au moins une fois par semaine la force du poing de mon mari dans la figure

Ô Allah ! Très-Haut

La vie avec lui est dure à supporter

Mais je soumets ma volonté à Toi

Mon mari subvient à mes besoins,

C'est pourquoi je lui suis scrupuleusement obéissante et garde en son absence ce que tu veux que je garde ;

Mais mon mari, mon protecteur et mon soutien, craint déloyauté et mauvaise conduite de ma part ; il m'accuse de lui manquer de reconnaissance ;

Tel un général d'armée sur le champ de bataille il me hurle au visage ses moindres caprices ;

Menace de ne plus jamais partager ma couche

Et s'en va des nuits d'affilée

Voir une autre femme, je suppose
Je n'ose l'interroger sur elle
Bien que famille et amis en fassent des gorges chaudes
Quand il revient
Il trouve toujours une raison de douter de ma loyauté
Et après plusieurs avertissements, plusieurs menaces, il se met à me frapper
D'abord légèrement sur les bras et sur les jambes, comme Tu le décris, Très-Haut – prescris, dirais-je – dans Ton livre saint ;
Mais surtout au visage.
Et pourquoi ?
Parce que je n'obéis pas assez vite aux ordres ;
Parce que j'ai repassé la mauvaise chemise
Parce que je n'ai pas mis assez de sel dans la nourriture
Parce que j'ai parlé trop longtemps avec ma sœur au téléphone
Ô Dieu de sublimité, la soumission à Ta volonté m'assure une vie meilleure dans l'au-delà !
Mais j'ai le sentiment que le prix que je paye pour la protection et le soutien de mon mari est trop élevé
Je me demande combien de temps encore je vais me soumettre

Fatima, la femme voilée

Amina dit le texte ci-dessous qui se rapporte au sort d'une femme imaginaire qui s'appelle Fatima. Pendant ce temps, la caméra se déplace lentement d'Amina vers Fatima. On voit une femme entièrement voilée, avec un grillage devant les yeux, de sorte qu'on dirait qu'elle regarde au-dehors par une fenêtre. Sur le voile sont imprimés en blanc les textes suivants du Coran : le verset 31 du chapitre XXIV (*An-Nur* ou La lumière).

Texte dit par Amina

Ô Allah plein de grâce et de miséricorde !

Comme Tu l'exiges de la femme croyante, je baisse le regard et garde ma chasteté.

Jamais je ne montre mes atours, pas même mon visage ou mes mains.

Jamais je ne frappe avec mes pieds de façon que l'on sache ce que je cache de mes parures, pas même aux fêtes.

Je ne quitte jamais mon foyer si ce n'est absolument nécessaire, et encore, seulement avec l'accord exprès de mon père. Et quand je sors, je rabats mon voile sur ma poitrine comme Tu le demandes.

De temps en temps, je commets un péché. J'imagine que je sens le vent dans mes cheveux ou le soleil sur ma peau, sur une plage, par exemple. Je rêve tout éveillée d'un long voyage à travers le monde, des endroits et des gens que je rencontre. Bien sûr, jamais je ne verrai ces endroits ni ne rencontrerai autant de gens puisqu'il est si important que je garde ma chasteté pour Te plaire, ô Allah ! Je fais donc volontiers ainsi que tu le prescris et couvre mon corps de la tête aux pieds sauf quand je suis à la maison, et seulement avec les membres de la famille. Je suis plutôt heureuse de ma vie.

Pourtant, depuis que le frère de mon père, Hakim, est venu habiter chez nous,

Les choses ont changé !

Il attend que je sois seule à la maison et viens dans ma chambre.

Puis il m'ordonne de lui faire des choses, de le toucher aux endroits les plus intimes.

Depuis qu'il est chez nous, j'ai pris l'habitude de porter le voile à l'intérieur de la maison pour le décourager. Mais cela ne l'arrête pas.

Par deux fois déjà, il a ôté mon voile, déchiré mes vêtements de dessous et m'a violée.

Quand j'en ai parlé à ma mère, elle a dit qu'elle en parlerait à mon père.

Mon père lui a ordonné – et à moi – de ne pas mettre en question l'honneur de son frère.

Je connais la douleur chaque fois que mon oncle vient me voir.

Je me sens encagée tel un animal attendant l'abattage.

La culpabilité et la honte m'étouffent ;

et je me sens abandonnée, tout entourée que je suis de mes famille et amis.

Ô Allah ! Hakim est parti quand il a su que j'étais enceinte.

Pour l'instant je peux cacher mon ventre sous mon voile, mais, un jour ou l'autre, quelqu'un le verra. Je serai publiquement mortifiée et tuée par mon père parce que je ne suis pas vierge.

Quand je pense à cela, j'envisage de m'ôter la vie, mais je sais que dans l'au-delà celui qui se suicide ne pourra compter sur Ta miséricorde.

Ô Allah, qui donnes et prends la vie.

Tu exhortes tous les croyants à se tourner vers Toi et à se repentir pour atteindre la félicité.

Toute ma vie je n'ai fait que me tourner vers Toi.

Et à présent que je prie pour mon salut, sous mon voile, Tu restes aussi silencieux que la tombe à laquelle j'aspire.

Je me demande combien de temps encore je saurai me soumettre !

15

De la nécessité pour l'islam de réfléchir sur soi-même [1]

Réponse aux critiques soulevées par le film

Mes parents m'ont éduquée dans l'idée que l'islam – moral, social et spirituel – est la plus belle manière de vivre. Des années plus tard, j'ai découvert que de vilaines taches de naissance atténuaient sa beauté. Ces défauts sont cependant invisibles aux fidèles de la religion de mes parents. Ils excusent les dysfonctionnements en répétant que la religion n'a rien à voir là-dedans, que ce sont les fidèles qui l'appliquent par-dessus la jambe.

Dans la morale islamique, la *charia* et la communauté des fidèles subordonnent totalement l'individu aux exigences d'Allah. On ne lui laisse rien. Il y a même des règles pour lui prescrire la manière de s'asseoir, de manger, de dormir, de voyager. Et ainsi de suite. Ce qu'Allah et Son prophète n'ont pas prévu, c'est la communauté des croyants qui le tranche. Cela va de la famille proche à tous les musulmans du monde. C'est ainsi qu'un musulman marocain qui prend une bière hors de la présence d'autres Marocains peut recevoir un blâme de n'importe quel Soudanais ou Afghan, uniquement parce que ce directeur de conscience en herbe est musulman.

Nulle part la négation de l'individu musulman ne s'exprime plus fortement que dans les rapports entre les sexes. La morale sexuelle de l'islam met fortement l'accent sur la chasteté. Le sexe n'est autorisé que dans les liens du mariage. Dans la pratique, les femmes sont plus entravées que les hommes. Ceux-ci peuvent se marier avec quatre femmes, alors que le contraire n'est pas possible. La position de la femme musulmane est carrément mauvaise, comparée à celle de nombre de femmes non musulmanes.

Comme d'autres, les musulmans subissent l'influence du progrès scientifique. Ceux qui peuvent payer profitent des derniers développements de la technologie, vivent dans des maisons modernes, utilisent machines et ordinateurs. Mais à la différence de ce qui se passe dans les mondes juif et chrétien, le cadre moral des musulmans n'a pas suivi. Exactement comme aux débuts de l'islam, chaque musulman est éduqué dans la conviction que toute connaissance est dans le Coran, que le questionnement critique de celui-ci n'est pas permis et que tous (même en 2004) ont le devoir de suivre le plus possible l'exemple offert par la vie du fondateur de l'islam. En pratique, évidemment, peu nombreux sont ceux qui parviennent à se comporter exactement comme le faisait le Prophète au VIIe siècle.

Cette éducation a conduit à limiter sérieusement la curiosité naturelle des musulmans. Tout progrès enregistré par un musulman particulier est rejeté par les autres comme un élément étranger et incompatible avec la foi. La religion est restée statique.

Dans cette communauté religieuse qui compte plus d'un milliard deux cents millions de fidèles, ce ne sont ni le savoir, ni les progrès, ni la prospérité qui frappent, mais la pauvreté, la violence et le déclin. Pour changer cela, il est nécessaire de réformer les cadres moraux dans lesquels les parents musulmans élèvent leurs enfants.

Il n'est pas uniquement nécessaire dans l'intérêt des musulmans eux-mêmes d'apprendre à poser un regard critique sur l'islam, c'est une évolution également urgente pour tous les autres habitants du monde, vu que ceux-ci sont engagés dans presque toutes les guerres qui sévissent actuellement sur le globe. La plupart d'entre eux vivent dans la misère. La faim, les maladies, la surpopulation, le chômage. Dans leurs pays d'origine, ils sont les victimes de régimes oppressifs, fondés ou non sur la *charia*. La plupart d'entre eux n'ont pas accès à un enseignement digne de ce nom, ils sont souvent analphabètes. On ne peut plus nier qu'ils sont eux-mêmes souvent responsables de cette misère. Une analyse en profondeur de l'islam et la révision de tout un tas de ses dogmes, qui enferment les fidèles dans un cercle de violence et de pauvreté, leur permettraient d'en finir avec l'oppression de l'individu et de parvenir à une morale sexuelle où hommes et femmes, hétérosexuels et homosexuels soient égaux.

Cette critique doit venir de l'intérieur, de personnes qui voient les taches de naissance qui flétrissent leur culture, des gens qui ont reçu un enseignement, ont été en contact avec des non-musulmans. Qui ont aspiré au bonheur individuel et savent combien il est difficile de suivre sa soif intérieure de liberté tout en étant un bon musulman. Qui vivent dans un pays libre et n'ont donc pas à avoir trop peur pour leur vie quand ils expriment publiquement ce qu'ils pensent. Ces critiques de l'islam doivent bien avoir à l'esprit qu'une culture séculaire qui ne connaît pas l'attitude réflexive ne les accueillera pas à bras ouverts. Ils seront considérés comme des traîtres, à leur propre camp qui plus est, et des apostats.

À quoi cette réflexion peut-elle ressembler ?

Je pense que tout est permis, hormis les violences physiques et verbales. On peut faire usage du verbe (romans, essais, poésie, bandes dessinées), de l'image (films, dessins animés, beaux-arts, etc.) et du son. Le petit film que j'ai fait avec Theo Van Gogh, *Submission, part I*, procède de mon ambition de mettre en question la morale au centre de l'éducation que j'ai reçue. Mon but n'est pas de transformer d'un coup de baguette magique des musulmans en athées, mais de mettre en évidence ces fameuses vilaines taches de naissance, comme le traitement des femmes. J'ai constaté un lien entre les prescriptions du Coran qui disent qu'une femme désobéissante doit être battue, leur commentaire dans le *hadith* (tradition relative au prophète Mahomet) et la pratique selon laquelle des hommes violents renvoient au Coran quand on leur demande de répondre de leurs agissements. Les victimes excusent les coups en citant le Coran, retournent à leur époux et promettent de s'amender dans le futur.

Beaucoup de critiques soulevées par la diffusion de *Submission, part I* dans l'émission *Zomergasten* accueillent très positivement la lutte contre l'oppression des femmes musulmanes, mais se demandent si la stratégie pour laquelle j'ai opté est bien constructive. Les historiens amstellodamois tels que Lucassen ramènent la critique des aspects sombres de l'islam à une forme de catastrophisme. Ils reprochent à ses auteurs leur pessimisme et citent les musulmans de la troisième génération qui ne passent pas tout leur temps à la mosquée et dont les filles combinent le voile avec un pull qui s'arrête au-dessus du nombril. Néanmoins, je ne suis pas un prophète de malheur. Au contraire. Je suis une optimiste. La critique servira à humaniser l'islam. Lucassen et consorts mélangent foi et fidèles. L'islam est une manière de vivre, un système de valeurs. Le fidèle apprend à accepter ce système dans son entier. En leur montrant l'incohérence d'un Dieu plein de clémence qui fait maltraiter les femmes, on force les musulmans à voir les carences de leur foi, à prendre connaissance de la morale laïque et on leur ouvre la voie pour qu'ils adaptent leur foi à la réalité. Critiquer l'islam n'est pas rejeter les croyants, seulement les conceptions de ce système qui, converties en actes, ont des conséquences inhumaines.

Après le film, d'autres m'ont avertie des effets pervers de la critique. Les islamophobes vont m'être reconnaissants et s'emparer de ma critique pour encourager la discrimination et montrer l'islam sous un mauvais jour. C'est possible, mais mon but n'est pas de faire le jeu des intolérants mais au contraire, par des images et des textes stimulants, d'amener les musulmans à penser la part qui est la leur dans leurs retards. Le risque que les islamophobes ou les racistes détournent mon travail à leur profit ne m'empêchera pas de réaliser la deuxième partie de *Submission*. De même que dans une démocratie libérale un journaliste qui, à bon droit, insistera pour qu'on mette une affaire sur la place publique (baie de Guantanamo) ne se laissera point arrêter par les pouvoirs publics qui craignent qu'une politique de transparence soit détournée à leur profit par les ennemis de la liberté... La mise en évidence des dysfonctionnements a la priorité sur une éventuelle récupération par des tiers.

Il y a aussi ceux qui prétendent qu'un tel film est tellement blessant et douloureux pour les musulmans qu'il ne peut que les tirer vers le bas. Une telle confrontation ne pourrait avoir que des effets pervers. Il m'appartiendrait de réviser ma stratégie. Ce qui est remarquable dans ce groupe de critiques, parmi lesquels les musulmanes du Parti travailliste Arib et Albayrak, c'est qu'ils ne proposent pas de stratégie de remplacement dont l'efficacité, elle, serait avérée. Ils se focalisent sur la douleur que des langues bien pendues comme les dirigeants de la LAE (la Ligue arabe européenne) et autres Tonca en ce bas monde disent ressentir, mais ignorent la douleur des victimes de violences qui ont subi un lavage de cerveau tellement efficace qu'elles se soumettent « librement » à la doctrine qui est le fondement de leur triste condition. Ces « sociaux-démocrates » islamiques préfèrent s'engager dans la défense et le maintien d'une doctrine qui asservit les femmes plutôt que de s'engager dans la voie des Lumières. Ils détournent le regard devant la femme musulmane qui, à environ vingt-trois ans, ne sait ni lire ni écrire. Recroquevillée dans le coin d'un accueil pour femmes battues quelque part aux Pays-Bas. Il n'y a pas trois ans, elle a été arrachée à sa famille et à la campagne d'un pays musulman. On l'a installée dans un appartement, dans un quartier défavorisé d'une grande ville avec un homme qu'elle ne connaissait pas, à qui elle était forcée de se marier. Quand son époux s'est mis à la battre régulièrement, la police l'a amenée à l'accueil. Elle y reste assise dans un coin, considérant d'un œil fixe son bébé stressé qui rampe un peu partout. Elle réagit à peine aux regards irrités des gens autour d'elle et aux exhortations des travailleurs sociaux pour qu'elle s'en occupe. Non seulement elle est sans domicile mais elle ne peut plus rentrer dans sa famille, dans le pays où elle est née, car elle appartient maintenant à son mari. Durant les pénibles entretiens, menés par truchement d'interprète, sur son avenir et celui de son enfant, elle dit qu'elle se fie en Allah. « C'est Lui qui m'a mise dans ces circonstances et, si je suis patiente, Il me sortira de cette misère. Il suffit que je Lui obéisse. » Dans *Submission, part I*, j'essaie de montrer comment fonctionne cette soumission à Allah.

Autre variante de la stratégie qui consiste à ne pas offenser les musulmans : celle de Mme Weber, président d'Al-Nisa, organisation de femmes musulmanes. Selon elle, depuis le 11 Septembre, les musulmans sont soumis à une pression terrifiante. Ils se sentent stigmatisés. Ils doivent répondre d'actes commis par des gens qui se disent musulmans et commettent des horreurs dans des pays lointains. Critiquer la position des femmes musulmanes est bien en soi, mais j'ai choisi le mauvais calendrier.

Le discours de Mme Weber est fallacieux. Les musulmans des Pays-Bas ne sont absolument pas stigmatisés. Ils jouissent de la liberté de religion et de la prospérité sans précédent que connaissent les États laïcs occidentaux. D'ailleurs : tant qu'ici les musulmans n'auront pas voix au chapitre, ils se sentiront en permanence offensés.

La réaction de nombre d'entre eux face aux gens qui leur mettent les vilaines taches de naissance devant les yeux est violemment négative. Quand ils ne menacent pas de violences physiques, ils tombent dans les violences verbales. Il n'en a pas été autrement au moment de *Submission, part I*. Les dirigeants officiels d'un certain nombre d'organisations musulmanes des Pays-Bas (dont personne ne sait très bien qui elles représentent) ont dit à propos du film la chose suivante :

« Avec ce petit film, Hirsi Ali manque son but. En soi, c'est une bonne idée de parler de la position de la femme dans l'islam. Mais pour les gens croyants, c'est un choc énorme, et tout un tas de gens vont tout de suite se braquer. Ce qui empoisonne le débat national. Il serait bon de le ramener dans ses justes proportions. Je ne sais quelles ont été ses motivations, mais je considère que c'est une pure provocation. » *Dixit* Mohamed Sini, qui avant toute chose entend respecter la liberté d'expression (président de la fondation Islam en Burgerschap), dans le *Volkskrant*.

Nabil Marmouch, président de la branche néerlandaise de la Ligue arabe européenne : « La discussion sur la position de l'islam est empoisonnée par la provocation d'Hirsi Ali. De la part de Theo Van Gogh, on pouvait s'y attendre. Sa pensée n'est jamais constructive. Mais elle est députée. Je ne comprends pas ce qui la pousse à insulter ainsi les sept cent trente-six mille musulmans vivant aux Pays-Bas. » Il dit qu'en dehors de certains excès, la position de la femme dans les pays islamiques n'est pas si mauvaise que cela. « Les Néerlandais qui veulent en savoir plus ne doivent pas se fier aux seules paroles d'Hirsi Ali. Elle projette ses expériences bizarres sur le groupe dans son entier. »

À la fin de ce morceau de bravoure, il en résulte qu'il n'a même pas vu le film : « Je ne vais pas gaspiller mon temps à des idioties pareilles » (le *Volkskrant*).

« Je ne m'intéresse absolument pas à ce film. » A. Tonca, de l'organe de contact Musulmans et Pouvoirs publics, juste avant la diffusion. « Aussi, je n'ai pas l'intention de le voir ; le contenu ne saurait être juste. Je trouve ridicule qu'Hirsi Ali ne sache faire autre chose que de la provocation. Il faudra bien un jour que cela s'arrête. » Il entend « ignorer complètement » Hirsi Ali et Theo Van Gogh. « C'est la meilleure stratégie, comme cela, ils s'arrêteront d'eux-mêmes. Ils ne valent pas la peine qu'on réagisse » (*Trouw*).

Le président de l'organisation musulmane turque Milli Görus dans le *Rotterdams Dagblad* : « Si Hirsi Ali veut mener une guerre religieuse, c'est son problème, j'ai décidé de ne pas avoir d'avis [sur le film] ».

Le président du Conseil musulman des Pays-Bas, M. Maddoe, dit du film : « Pour la communauté islamique, c'est aller trop loin. Les musulmans orthodoxes, en particulier, ne l'accepteront pas. »

Driss El Boujoufi, de l'Union des organisations musulmanes aux Pays-Bas : « Ayaan Hirsi Ali veut en découdre, elle cherche du répondant. Mais nous ne jouerons pas son jeu, car si les choses tournent à l'épreuve de force, il y aura des spectateurs, et c'est bien la dernière chose dont nous avons besoin. »

Un porte-parole de la Mission musulmane aux Pays-Bas, Frank Williams : « Hirsi Ali a un problème avec les textes du Coran. Mais ce n'est pas le Coran qui appelle à maltraiter les femmes, ce sont les hommes. C'est à eux qu'elle doit s'adresser et avec qui elle doit entamer le dialogue. L'émancipation, ça commence de l'intérieur. Si l'on attaque ce à quoi les gens tiennent, ils ne vous feront plus confiance. »

Ces réactions sont avant tout éminemment prévisibles. Il importe peu que leurs auteurs aient vu le film ou non. Il importe peu qu'il s'agisse d'un petit film, d'un bout de texte ou d'une autre forme de critique de l'islam. Tous nient la grande tache qui flétrit l'islam, à savoir la manière dont on y considère les femmes et dont on les traite. Les dirigeants d'organisations musulmanes nous avertissent que les musulmans n'accepteront pas les images de femmes avec des textes du Coran. Ce qu'en revanche les musulmans acceptent sans broncher depuis des siècles, c'est qu'on mette vraiment en application ces textes sur le corps des femmes qu'on voit dans *Submission*. Les coups de fouet sur le corps des femmes prétendues « débauchées », les sévices systématiques des femmes « désobéissantes », le viol au sein du mariage de femmes mises à la disposition des hommes par Allah et le reniement, la répudiation ou le meurtre de filles et de femmes victimes d'inceste pour laver l'« honneur » de la famille.

Les représentants de ces organisations nient non seulement le message du film, mais encore le fait que de larges groupes de musulmanes bivouaquent dans les accueils pour femmes battues et maltraitées. Que dans leur pays d'origine, nombre de musulmanes sont répudiées sans argent, avec leurs enfants à charge. Sous la pression des représentants desdites organisations, les crimes d'honneur ne sont pas enregistrés par la justice, au prétexte que ceux qu'ils représentent pourraient se sentir offensés. L'aide psychiatrique ambulatoire et d'autres institutions psychiatriques, comme l'a écrit la psychiatre Carla Rus dans *Trouw* et dans le *Volkskrant*, savent que nombre de filles musulmanes sont victimes d'inceste et de mariages forcés et que leurs pères les transportent dans leur pays d'origine pour qu'elles y soient assassinées. L'ordre du jour officieux des porte-parole conservateurs des organisations musulmanes est le même que celui des écoles musulmanes. Donner aux musulmans des Pays-Bas carte blanche pour faire ce qu'ils veulent de leurs filles et de leurs femmes. Ces ennemis des femmes organisés souscrivent au consensus tacite qui règne aussi dans les pays islamiques. À savoir que c'est aux familles de décider comment elles entendent traiter filles et femmes. Si leur comportement met en question même vaguement l'honneur de la famille, les pères, les frères ou d'autres hommes sont responsables de ce qu'ils font d'elles. Les textes du Coran ne servent pas seulement à justifier les violences à l'égard des femmes, mais aussi à libérer la conscience de leur auteur et des spectateurs passifs. En plaçant les écrits sacrés au-dessus de toute critique, les porte-parole des organisations musulmanes réussissent tant aux Pays-Bas qu'à l'extérieur à maintenir l'esprit et la pratique de l'oppression des femmes.

Le noyau du problème, c'est que la plupart des hommes musulmans ne voient pas la manière dont ils traitent les femmes comme de « l'oppression », des « mauvais traitements » ou des « meurtres », mais comme une réponse justifiée à leur comportement. La femme musulmane sait ce qu'elle doit faire et ce qu'elle ne doit pas faire. Si elle choisit de ne pas se conformer aux préceptes qui lui sont enjoints, elle est punie. Les propos de Marmouch sont très révélateurs à ce sujet : « en dehors de certains excès, la position de la femme dans les pays islamiques n'est pas si mauvaise que cela. »

J'ai aussi recueilli des réactions de musulmans qui trouvent que je me focalise trop sur les aspects négatifs. Se demandant pourquoi je ne m'inquiète pas de l'intolérance au sein du judaïsme ou du christianisme. Leur conclusion est la suivante : « Tu ne cherches pas à améliorer la position de la femme, ce que tu veux, c'est montrer l'islam sous un mauvais jour. »

C'est vrai, dans la Bible et le Talmud, il y a aussi des textes hostiles aux femmes. C'est un fait qu'aux Pays-Bas (et ailleurs dans le monde) il y a des communautés chrétiennes qui prennent ces textes sacrés autant à la lettre que nombre de musulmans le Coran. Eux aussi ont une morale sexuelle qui ressemble comme deux gouttes d'eau à celle d'un pays où s'applique la *charia* comme l'Arabie saoudite. Ce groupe, lui aussi, traite mal les femmes, refuse tout progrès et est intolérant envers les homosexuels.

Mais il est dommage que ces critiques musulmans ne poursuivent pas leur étude comparée. Car ils se rendraient compte que la portée des littéralistes dans les mondes juif et chrétien est bien plus réduite que dans le monde islamique. Le Dieu juif et chrétien a été apprivoisé et circonscrit dans les limites de la conscience individuelle du fidèle. Aujourd'hui, il a nom « amour » ou « quelque chose », et ses adeptes ont aboli l'enfer. La communauté des croyants juifs et chrétiens a perdu son emprise sur l'individu. Les curés, les pasteurs, les rabbins n'ont pas fait cela de gaieté de cœur. La liberté de conscience de l'individu, la quête de la connaissance et la domination de la nature ont été violemment combattues. Un combat qui a commencé avec des mots.

La plupart des femmes nées dans des pays de tradition judéo-chrétienne peuvent marcher tranquillement dans les rues, profiter de l'enseignement au même titre que les hommes, recueillir les fruits de leur travail, elles choisissent le compagnon avec qui elles partagent leur vie et décident elles-mêmes de leur vie sexuelle, d'avoir des enfants et de leur nombre. La plupart des femmes d'origine juive ou chrétienne voyagent de par le monde, s'achètent une maison à elles et ont d'autres biens. Ce n'est pas le cas de toutes, mais d'une majorité. Alors que cela vaut pour une très petite minorité de femmes nées dans une famille musulmane.

Hommes et femmes juifs et chrétiens en sont arrivés là en critiquant leurs textes sacrés, en s'en moquant, en montrant que beaucoup de textes de la Bible et du Talmud ne sont pas satisfaisants. Les textes ont été conservés, mais la conception des rapports entre les sexes a progressé. Quand juifs et chrétiens ont découvert l'image, ils l'ont utilisée pour regarder de plus près leur foi et leur culture. Toujours, ceux qui avaient intérêt à conserver les choses dans leur ancien état ont dit que textes, images et comportements des critiques étaient « offensants », « pécheurs » et « radicaux ». Longtemps, l'Église a prêché à ses fidèles d'ignorer les critiques. Exactement comme les organisations musulmanes à propos de mon film.

Dans l'histoire de la quête juive et chrétienne des Lumières par une attitude réflexive, il y a eu à coup sûr des gens pour prétendre que cette stratégie d'analyse des textes saints visant à montrer combien ils sont ridicules, cruels ou injustes susciterait le contraire de ce qu'elle visait. J'ai copié ma stratégie sur celle des critiques judéo-chrétiens de l'absolutisme basé sur la foi. C'est dans ce contexte que l'on doit considérer *Submission, part I*. L'efficacité de la stratégie que j'ai choisie est connue de tous ceux qui n'ignorent pas l'histoire occidentale de la critique des religions.

Notes

Chapitre 1

1. Interview parue dans le magazine *Opzij* de décembre 2002, version enrichie (mes remerciements à Chris Rutenfrans). Également publié dans l'ouvrage *De Zoontjesfabriek* [« L'Usine à fils », N.d.T.] (2002).

2. Désignation courante aux Pays-Bas des personnes d'origine étrangère (N.d.T.)

3. 1 euro = 2,20371 florins (N.d.T.)

Chapitre 2

1. Cet article est paru à l'intérieur du cahier *Letter & Geest* [« La Lettre et l'Esprit »] du journal *Trouw* [de tradition politique confessionnelle] du 24 novembre 2001, ainsi que dans l'ouvrage *De Zoontjesfabriek*.

2. *La Faim de Hoffman*, roman, trad. Ph. Noble, Paris, Le Seuil, 1996; *Sionoco*, roman, trad. Ph. Noble, Paris, Le Seuil, 2002; *Le Ciel d'Hollywood*, roman, trad. I. Rosselin, Paris, Le Seuil, 2004 (N.d.T.)

Chapitre 3

1. Version originelle de l'article publié dans le cahier *Letter & Geest* du journal *Trouw* du 16 mars 2002. Paru aussi dans *De Zoontjesfabriek* (2002).

Chapitre 4

1. Extrait de *Transnationaal Nederland : Immigratie en integratie, in Jaarboek voor Democratisch Socialisme*, XXIII

[« 23es annales du socialisme démocratique »], Amsterdam : Wiardi Beckman Stichting & Arbeiderspers, 2002. Également publié dans De Zoontjesfabriek (2002).

2. T. Van der Dunk, « De West en de Rest : Over de gelijkwaardigheid van culturen » [« L'Occident et le reste : De l'égalité des cultures »], *in Socialisme en Democratie*, LVIII, 9 (septembre 2001), p. 391-399.

3. Tous les chiffres proviennent de : *Integratie in het Perspectief van Immigratie* [« L'intégration dans la perspective de l'immigration »]. Rapport gouvernemental remis au Parlement, du 18 janvier 2002, TK 2001-2002, 28198, nos 1 & 2, p. 66.

4. Wetenschappelijke Raad voor het Regeringsbeleid [comité indépendant, groupe d'experts prodiguant ses conseils au gouvernement néerlandais], *Nederland als Immigratiesamenleving* [« Les Pays-Bas société d'immigrants »]. La Haye : Rapports au gouvernement n° 60, 2001.

5. A. Van der Zwan, « Waar blijft de ombuiging in het immigratiebeleid ? » [« Mais où est le changement de cap dans la politique d'immigration ? »], *in Socialisme en Democratie*, LIX 4 (avril 2002), p. 43-54. *Cf.* aussi : A. Van der Zwan, « Alarmerende uitkomsten ! De WRR-studie integratie van etnische minderheden » [Des résultats alarmants ! L'étude du WRR sur l'intégration des minorités ethniques], *in Socialisme en Democratie*, LVIII, 9 (septembre 2001), p. 421-425.

6. F. Bovenkerk et Y. Yesilgöz, « Multiculturaliteit in de Ştrafrechtpleging ? » [« Multiculturalisme et pratique pénale »], *in Tijdschrift voor Beleid, Politiek en Maatschappij* [« Revue politique et sociale »], (1999) n° 4, p. 232.

7. S. Allievi et F. Castro, « The Islamic Presence in Italy : Social Rootedness and Legal Questions », *in* S. Ferrari et A. Bradney (sous la direction de), *Islam and European Legal Systems*, Brookfield (Vermont) : Ashgate, 2000, p. 158.

8. En s'appuyant sur la *Zivilisationstheorie* d'Elias, on peut décrire le processus d'intégration sociale comme la création de dépendances plus ou moins réciproques dans une société toujours plus complexe. La composante psychique de ces changements sociaux tend vers la construction d'une autocontrainte toujours plus large, plus uniforme et plus automatique. Qui se voit dans l'évolution des mœurs et de la morale en Europe au cours des siècles vers moins de rigueur et plus de raffinement. De nouveaux codes de conduite furent d'abord imposés par

les institutions, mais, avec le temps, ils ont été de plus en plus intériorisés. Selon lui, cette évolution a débuté ainsi : au cours des siècles, les chevaliers du haut Moyen Âge ont été soumis au prince en étant forcés à rester à la cour. Où ils apprirent le contrôle des sentiments et la diplomatie. Culture supérieure imitée d'abord par la haute bourgeoisie et répandue au XXe siècle, en tout cas en partie, et ce après une offensive civilisatrice généralisée, parmi de plus larges couches de population. Ce qui n'est pas non plus allé de soi, ouvriers et paysans sans terre ayant été obligés de s'adapter aux exigences d'une société industrielle moderne (service militaire, scolarité obligatoire, langue nationale, etc.) (N. Elias, *Über den Prozeß der Zivilisation : Soziogenetische und psychogenetische Untersuchungen*, Francfort-sur-le-Main : Suhrkamp, 1987 [1969, 1939] ; trad. fr. : *La Civilisation des mœurs*, par P. Kamnitzer, Paris, Calmann-Lévy, 1973).

9. Pryce-Jones décrit comme suit le concept d'honneur spécifique au monde islamique : « L'honneur est ce qui fait que la vie vaut la peine d'être vécue : la honte est une mort dans la vie, insupportable, réclamant vengeance. L'honneur implique la reconnaissance, l'estime publique d'autrui, lesquelles assurent une personne et la rendent importante à ses propre yeux. [...] L'honneur et sa reconnaissance engendrent les modèles de comportement les plus assurés qui puissent exister, et ce au sein d'une hiérarchie fondée sur la déférence et le respect » (D. Pryce-Jones, *The Closed Circle : An Interpretation of the Arabs*, Londres : Weindenfeld & Nicholson, 1989, p. 35).

10. Le *Rapport arabe sur le développement humain* qui vient de paraître se penche notamment sur la situation démographique de vingt-deux pays arabes : population totale : deux cent quatre-vingts millions, dont 38 % entre zéro et quatorze ans, et seulement 6 % de plus de soixante ans. Deux scénarios sont proposés concernant l'évolution jusqu'à 2020. Dans le premier, la population arabe compte quatre cent cinquante-neuf millions de personnes en 2020, dans le second, quatre cent dix millions. (UNDP, *Arab Human Development Report*, New York : UNDP, 2002, p. 37).

11. H. Van der Loo & W. Van Reijen, *Paradoxen van Modernisering* [Paradoxes de la modernisation], Bussum : Coutinho, 1997, p. 70.

12. K. Armstrong, *Islam : A Short History*, New York : Modern Library, 2001, p. 58. *Cf.* aussi K. Armstrong, *A His-*

tory of God : The 4000-year Quest of Judaism, Christianity, and Islam, New York, Knopf, 1993 ; trad. fr. : *Histoire de Dieu, D'Abraham à nos jours*, par J.-B. Médina, Paris, le Seuil, 1997.

13. D. Pryce-Jones, *op. cit.*

14. B. Lewis, *What went wrong ? The Clash between Islam and Modernity in the Middle-East*, Londres, Weidenfeld & Nicholson, 2002, p. 6 ; trad. fr. : *Que s'est-il passé ? L'Islam, l'Occident et la modernité*, par J. Carnaud, Paris, Gallimard, 2002, p. 11-12.

15. B. Lewis, *What went wrong ?* p. 158 ; trad. fr., p. 218.

16. UNDP, *op. cit.*

17. H. Jansen, « Bush versus Bin Laden, *het* Westen tegen *de* islam ? » « Bush contre Ben Laden, l'Occident contre l'islam ? », *in Internationale Spectator*, 11 novembre 2001).

18. N.N. Ayubi, *Over-stating the Arab State : Politics and Society in the Middle-East*, New York, I. B. Tauris, 1995, p. 125.

19. N. Wilterdink et B. Van Heerikhuizen, *Samenlevingen : Een verkenning van het terrein van de sociologie* [« Sociétés : Reconnaissance du terrain de la sociologie »], Groningue : Wolters-Noordhoff, 1993, p. 24.

20. A. Van der Zwan, *op. cit.*

21. P. De Beer, « PvdA moet terug naar de oorsprong » [« Les travaillistes néerlandais doivent revenir à leurs origines »], *NRC Handelsblad* du 6 juillet 2002.

22. M. Galenkamp, « Multiculturele Samenleving in het Geding » [« Société multiculturelle en question »], *in Justitiële Verkenningen* (2002) 5.

23. WRR, *op. cit.*

Chapitre 5

1. Interview parue le 25 janvier 2003 dans la série « De Tien Geboden » [« Les 10 commandements »] du cahier *De Verdieping* [« En profondeur »] du journal *Trouw*.

Chapitre 6

1. Cette interview est parue, avec la collaboration de Carine Damen, dans le journal *Algemeen Dagblad* du 19 juin 2004.

Chapitre 7

1. Version étoffée de l'article « Vrijheid vereist Permanent Onderhoud » [« La liberté demande un entretien permanent »] (*NRC Handelsblad* du 5 mai 2003).

2. Les Pays-Bas ont été libérés le 5 mai 1945 et, le 4, on commémore les morts de la guerre de 1939-1945. (N.d.T.)

3. Salle du Binnenhof (palais du Parlement) où la reine ouvre chaque année (troisième jeudi de septembre) la session parlementaire en prononçant son discours du trône. (N.d.T.)

Chapitre 8

1. Paru dans l'ouvrage de même titre (*De Maagdenkooi*, 2004).

2. Les trois carences citées dans le *Rapport arabe sur le développement humain* – libertés individuelles, connaissances et droits de la femme – s'observent aussi dans les pays non arabes qui ont embrassé l'islam et se sont mis à utiliser comme ligne de conduite politico-économique les prescriptions du Coran et du *hadith* (concernant la manière dont une communauté doit être instituée). Dans des pays comme le Pakistan, l'Iran et, dans une mesure un peu moindre, dans certaines parties de l'Indonésie, la Malaisie, le Nigeria et la Tanzanie, on constate à la suite de l'introduction de l'islam un net retard en matière de liberté de l'individu, de progrès dans les connaissances (particulièrement scientifiques) et de droits de la femme.

3. Statistiques sur les titres produits (1997) de la Stichting Speurwerk.

4. Par « musulmans », j'entends ici les gens qui se soumettent à la volonté d'Allah, laquelle est à chercher dans le Coran et le *hadith*, collection de « dits » attribués au prophète Mahomet.

5. Morale tribale à l'origine, élevée au rang de dogme par l'islam.

6. L'obsession du contrôle de la sexualité féminine n'est pas réservée à l'islam. Ce phénomène est aussi connu chez les chrétiens, les juifs et les hindous.

7. Il y a peu, le porte-parole du ministère de la Justice turc, le professeur Dogan Soyasian, a déclaré que tous les hommes voulaient épouser une vierge et que ceux qui le niaient étaient des hypocrites. Qu'une femme violée ferait mieux d'épouser son violeur : le temps guérit toutes les blessures; un jour, la femme pourra aimer son violeur; ils peuvent être très heureux ensemble. Mais si la femme a été violée par différents hommes, un mariage de ce genre aura

peu de chances de réussir, car son mari la verra comme une femme infidèle.

8. *Trouw*, 2 octobre 2003.

9. « Restez dans vos foyers; et ne vous exhibez pas », Coran, chapitre XXXIII, verset 33. « Et dis aux croyantes de baisser leurs regards, de garder leur chasteté, et de ne montrer leurs atours qu'à leurs maris, ou à leurs pères, ou aux pères de leurs maris, ou à leurs fils, ou aux fils de leurs maris, ou à leurs frères, ou aux fils de leurs frères, ou aux fils de leurs sœurs, ou aux femmes musulmanes, ou aux esclaves qu'elles possèdent, ou aux domestiques mâles impuissants, ou aux garçons impubères qui ignorent tout des parties cachées des femmes. » Chapitre XXIV, verset 31. Et XXXIII, 59 : « Ô Prophète ! Dis à tes épouses, à tes filles, et aux femmes des croyants, de ramener sur elles leurs grands voiles : elles en seront plus vite reconnues et éviteront d'être offensées. »

10. Dans *Wie Luidt de Doodsklok over de Arabieren?* [« Qui sonne le glas des Arabes ? »], Marcel Kurpershoek cite de manière extensive l'imam du XIe siècle al-Ghazali, un sage reconnu par toute l'orthodoxie. On lit dans ses écrits : « Une femme bien élevée [...] ne quitte pas la maison, sauf avec l'accord exprès de celui-ci [son mari], et encore enveloppée de vieux vêtements sans attrait. » Ainsi que : « Elle met toujours les droits de son mari avant les siens et ceux de sa propre famille. Elle est propre et toujours prête à le laisser jouir sexuellement d'elle. »

11. Coran, IV, 34 : « Les hommes ont autorité sur les femmes, en raison des faveurs qu'Allah accorde à ceux-là sur celles-ci, et aussi à cause des dépenses qu'ils font de leur bien. Les femmes vertueuses sont obéissantes (à leurs maris), et protègent ce qui doit être protégé, pendant l'absence de leurs époux, avec la protection d'Allah. Et quant à celles dont vous craignez la désobéissance, exhortez-les, éloignez-vous d'elles dans leurs lits et frappez-les. »

12. La violence à l'égard des femmes se produit aussi beaucoup dans les familles occidentales, mais cette violence est clairement condamnée par la collectivité, alors que la plupart des familles musulmanes considèrent que ce sont les femmes qui l'attirent sur elles en ne se conformant pas aux règles. Famille et environnement social ne la désapprouvent pas. Si ton mari t'a battue, c'est que tu as dû faire quelque chose pour. En Occident, voisins, famille et amis ne considèrent pas

que les mauvais traitements infligés aux femmes soient une pédagogie recevable.

13. *Les Pieds d'Abdullah*, trad. D. Cunin (Trouville), Reflet, 2003 (N.d.T.)

Chapitre 9

1. Première parution dans *De maagdenkooi* (2004). Les noms des personnes et des lieux ont été changés pour garantir leur anonymat.

Chapitre 10

1. Article paru dans le magazine *Opzij* de septembre 2002, ainsi que dans l'ouvrage *De zoontjesfabriek* (2002).

Chapitre 11

1. Nouvelle version d'un article paru dans le *NRC Handelsblad* du 3 octobre 2003. Également publié dans *De maagdenkooi* (2004).

Chapitre 12

1. Nouvelle version d'un article paru dans le *Volkskrant* du 7 février 2004. Également publié dans *De maagdenkooi* (2004).

À propos des mutilations sexuelles des filles, on parle parfois d' « excision ». L'emploi du terme et son étymologie pourraient suggérer une comparaison implicite avec la « circoncision » des garçons ; une telle comparaison serait valide si cette dernière consistait à couper le gland, à enlever les testicules et à coudre le reste du pénis au scrotum vidé de son contenu.

2. *Cf.* l'article de Steffie Kouters dans le *Volkskrant* du 10 avril 2004.

3. *Strategieën ter Voorkoming van Besnijdenis bij Meisjes. Inventarisatie en aanbevelingen* du VU Medisch Centrum. (N.d.T.)

Chapitre 13

1. Paru dans *De maagdenkooi* (2004).

2. Étrange désignation pour une femme adulte qui veut vivre de manière autonome. Mais les familles la considéreront

toujours comme une mineure, même si elle a largement dépassé la quarantaine. Pour elles, elle demeure une femme « qui a fait une fugue ».

Submission 1re partie

1. Le film *Submission Part I* a été diffusé pour la première fois dans l'émission *Zomergasten* de la VPRO le 29 août 2004.
2. Version enrichie de l'article paru dans le *Volkskrant* du 30 octobre 2004.

Table

Achevé d'imprimer sur les presses de

BUSSIÈRE

GROUPE CPI

à Saint-Amand-Montrond (Cher)
en octobre 2006

POCKET - 12, avenue d'Italie - 75627 Paris Cedex 13

— N° d'imp. : 62009. —
Dépôt légal : novembre 2006.

Imprimé en France